On fait ce qu'on peut
avec ce qu'on est.

Christophe Duperray

On fait ce qu'on peut avec ce qu'on est.

Édition : BoD – Books on Demand, info@bod.fr
Impression : BoD – Books on Demand, In de
Tarpen 42, Norderstedt (Allemagne)

Impression à la demande
Photographie : Marion Brunel
Illustration : Cécile Pasquier

ISBN : 978-2-3224-8444-7
Dépôt légal : Juin 2023

« Une histoire qui fait du bien ! »
Martine, ma mère

« Enfin un livre qui pourra nous réconcilier
lors des repas de famille ! »
Murielle, ma voisine

« J'ai ri, j'ai pleuré, j'ai vibré, j'ai été émue,
et transportée dans un véritable tourbillon
d'émotions. Dès ma sortie de l'opéra, j'ai lu ce
livre : pas mal. »
Elsa, ma sœur

« Je ne l'ai pas lu. »
Bernard, mon père

Ce livre est dédié à Arthur.

12 ans plus tôt

L'EDITEUR : Christophe, tu ne peux pas démarrer directement ton histoire par « 12 ans plus tôt ».

MOI : Ah bon ? Et pourquoi ça ?

L'EDITEUR : Parce qu'on ne sait pas à quelle période tu fais référence.

MOI : Eh bien, à 12 ans plus tôt ! Facile !

L'EDITEUR : Oui, mais tu remarqueras que c'est extrêmement flou comme élément de temps.

MOI : « Flou ? » Au contraire, je trouve que c'est super précis ! Ce n'est pas 2 ans plus tard, ni 25 ans plus tôt. C'est 12 ans plus tôt.

L'EDITEUR : Certes, mais imagine qu'un lecteur ouvre un livre dont les premiers mots seraient « 12 ans plus tôt ». Clairement, il ne saurait pas se situer. J'imagine que c'est 12 ans plus tôt par rapport au présent ?

MOI : En l'occurrence, 12 ans plus tôt, on est plutôt dans le passé.

L'EDITEUR : Oui, mais c'est une période qui se réfère au présent ?

MOI : Tout se réfère au présent quand on dit que c'est plus tôt ou plus tard. Tu m'imagines démarrer mon histoire par « 12 ans plus tôt que le passé » ? Ce serait le bordel !

L'EDITEUR : Sauf si le lecteur sait se référer au passé dont il est question. Par exemple, imagine que j'explique au lecteur qu'il se passe quelque chose en 1939. La page d'après, je peux lui dire qu'on est 12 ans plus tôt, il saura se repérer. Il sait qu'il est en 1927.

MOI : Très bien, sauf que dans mon cas, mon histoire ne se passe pas du tout en 1927.

L'EDITEUR : Mais c'est un exemple !

MOI : D'accord. Et tu lui expliques qu'il s'est passé quoi à ton lecteur en 1939 ?

L'EDITEUR : Non, mais rien !

MOI : Ah bon ? Il ne s'est rien passé en 1939 ?

L'EDITEUR : Mais non, c'est un exemple !

MOI : Ah oui ? Et la Seconde Guerre mondiale, c'est rien, peut-être ? Tu fais partie des négationnistes, c'est ça ? Et la Blitzkrieg ? C'est rien, la Blitzkrieg ?

L'EDITEUR : Oui enfin sauf que la Blitzkrieg, ce n'est pas en 1939, c'est 25 ans plus tôt.

MOI : Ah ! D'accord, je vois ce qu'il se passe. Donc tu ne veux pas que je dise « 12 ans plus tôt », mais toi, tu t'autorises un « 25 ans plus tôt », comme ça, naturellement...

L'EDITEUR : Non, mais ne te focalise pas spécialement sur les 12 ans plus tôt !

MOI : D'accord, donc tu préférerais que je commence par « 25 ans plus tôt », comme toi ? Ça te rassurerait ?

L'EDITEUR : Mais enfin, ça dépend de ce que tu veux raconter ! Si tu dis « 12 ans plus tôt » que 1939, tu te retrouves en 1927, alors que si tu dis « 25 ans plus tôt » que 1939, tu te retrouves en 1914, et ce n'est plus du tout la même histoire.

MOI : Et si je dis que c'est « 12 ans plus tôt » que 1914, on se retrouve en 1902, c'est ça ?

L'EDITEUR : Ah ! ton histoire se passe en 1902 ?

MOI : Pas du tout.

L'EDITEUR : Bon, alors pourquoi tu me parles de 1902 ?

MOI : C'est toi qui dis que ça se passe 12 ans plus tôt que 1914 !

L'EDITEUR : Mais qu'est ce qui se passe 12 ans plus tôt que 1914 ? Tu vois, c'est ça que j'arrive pas à saisir.

MOI : En 1902, j'avoue que je ne sais pas trop ce qui s'est passé. Le problème, c'est que si je démarre en 1902, je vais devoir changer toute mon histoire.

L'EDITEUR : Mais pourquoi tu voudrais changer toute ton histoire ?

MOI : Eh bien, parce que je n'ai pas du tout écrit une histoire qui se passe sous René Coty, avec des chevaux dans Paris et des mecs qui se trimbalent en queue-de-pie toute la journée !

L'EDITEUR : Ah ! d'accord, c'est l'image qui te vient instinctivement de 1902, toi ? René Coty et des queues-de-pie ?

MOI : Oui. Pourquoi, qu'est-ce qui te vient, toi ?

L'EDITEUR : Moi, rien de spécial.

MOI : En même temps, tu dis que rien ne s'est passé en 1939, donc avec une logique aussi tordue, tu m'étonnes que l'année 1902 paraisse fadasse dans ton esprit.

L'EDITEUR : Oui, mais ton histoire, elle se passe à quelle période ?

MOI : 12 ans plus tôt.

L'EDITEUR : Ah ! Donc en 1890 ?

MOI : Oh, non ! Voilà que tu commences à refoutre le bordel dans mon histoire ! Je commençais à me faire à cette histoire de René Coty et de queues-de-pie. 1890, c'est Napoléon III, et puis si tu continues à me mettre 12 ans plus tôt tous les 12 ans, on va finir à l'époque de Vercingétorix et là, moi, je te dis tout de suite : j'arrête. Je ne sais rien des Gaulois.

L'EDITEUR : Je ne voudrais pas te contrarier, mais René Coty, c'est 42 ans plus tard, et Vercingétorix, c'est 2 000 ans plus tôt.

MOI : Eh bien ! Je vois que tu t'y connais plutôt bien en histoire pour un négationniste !

L'EDITEUR : Oui, plutôt.

14 mars 2020

Lac de Montriond, Haute-Savoie.

Le monde connu s'effondre en silence,
quatre milliards d'êtres humains s'apprêtent
à se confiner pour la première fois de l'histoire.

Avant de plonger dans cet océan d'incertitudes,
un homme et une femme scellent leur amour
en compagnie de leurs proches.
Parenthèse enchantée avant fermetures,
réanimations, masques, chômage partiel,
et voyage de noces dans le salon.

12 ans plus tôt

Les rues pavées du quartier Saint-Jean

Juillet 2008

Soir de canicule. Le romantisme de notre premier appartement sous les toits de ce bel immeuble du centre-ville de Lyon laisse place à un sentiment d'étouffement : du cocon bucolique au four à pain, il n'y a qu'un pas. Par chance, la température n'est pas un critère qui met au défi notre histoire d'amour naissante.

Froid. Nous nous blottissons sous la couette – cape d'invisibilité moelleuse et rassurante. En janvier, nous avons même passé une journée entière au lit, avec comme seule exception d'aller se ravitailler en Dinosaurus, sortes de biscuits industriels régressifs au chocolat en forme de dinosaures, initialement pensés pour les enfants de moins de 9 ans. Une journée à raconter le passé de ses grands-parents fermiers, occupés par les Allemands dans la campagne franc-comtoise et l'amitié éternelle nouée entre le futur grand-père et son occupant du même âge. Une journée à prédire notre avenir en rédigeant une liste de choses à ne pas louper dans nos vies. Liste dont je revendique totalement l'immaturité d'un couple de 22 ans qui vient tout juste de payer son premier loyer et encaisser son premier salaire. Liste dénuée de toute lutte contre les injustices de notre monde, ou même d'esprit critique à l'égard de quelconque cause écologique ou sociale. Avoir une longue barbe pour moi (parce que c'est cool), habiter à Londres pour elle (parce que c'est cool), posséder un voilier pour aller dans les criques corses sans croiser les touristes, être des parents géniaux – mélange d'autorité naturelle et de légèreté déconcertante – écrire dans un carnet relié en cuir à l'aide d'un stylo à plume assis à la table d'un café en Toscane, d'un air ombrageux et concerné, écrire et jouer mes pièces de café-théâtre, composer ses propres morceaux de musique mélancolique au piano.

Chaud – comme ce soir – et nous claquons la porte de notre 50 mètres carrés à l'assaut de la capitale gastronomique aux mille bouchons. Nous croisons Jean-Luc, propriétaire de *La Cave d'à côté*. Nous allons régulièrement chez lui pour passer un moment romantique en amoureux au sein de son bar à vin, en sous-sol de la presqu'île, aux pierres et poutres apparentes. Ce moment se transforme d'ailleurs systématiquement en « moment romantique en amoureux, mais avec Jean-Luc ». Ce personnage assez unique me donne envie de l'affubler d'adjectifs oubliés : il trimbale sa grosse carcasse d'un air bonhomme, son visage marqué est affublé d'une mine patibulaire et il dégaine systématiquement sa carte des vins d'un geste cavalier. Intrusif mais volubile, le bougre réussit toujours la prouesse de nous faire préférer ce nouveau moment à celui recherché initialement. Nez au vent, nous passons devant *La Gratinée*, célèbre restaurant uniquement ouvert la nuit, de 1 heure à 7 heures du matin, dans le quartier des boîtes de nuit. J'aimerais dire que nous avons de bons souvenirs de ce restaurant, mais soyons honnête : nous avons généralement peu de souvenirs à sa sortie. Des flashs, au mieux : moi qui m'endors dans mon assiette de gnocchis au saint-marcellin, elle qui imite Véronique Sanson a *cappella*, beaucoup trop fort et beaucoup trop faux. C'est ce qui me plaît tant dans notre histoire d'amour : nous sommes à la fois meilleurs amis et amants. Capables de vivre de vraies émotions au concert de NTM à réciter les paroles par cœur au milieu de la fosse du Transbordeur de Villeurbanne. Capables, aussi, de rouler en scooter sans casque sur une île perdue des Cyclades à admirer un coucher de soleil en buvant des verres d'Ouzo. Main dans la main, la tête dans les nuages, nous arrêtons notre marche sans but à l'entrée du Vieux-Lyon.

Les rues pavées du quartier Saint-Jean, une table à nappe à carreaux rouges et blancs, un serveur moustachu et bedonnant, un vin rouge tanique et gouleyant, un plat de spaghettis boulettes généreux et gourmand. Qui est la Belle, qui est le Clochard ?

Je la contemple, elle et la douce fossette de sa joue gauche. Cette fossette est mon repère. Mon phare.

Si je la vois, c'est bon signe, elle trahit un sourire bien spécial, un sourire charmeur qui veut me plaire.

Au détour d'une discussion animée dont on oublie aussitôt le point de départ, le terme tombe. Elle le lâche, sans prévenir : « Mariage ».

Précisons : il ne s'agit pas ici d'un *mariage* dans le sens « veux-tu te marier avec moi ? ». Nous parlons ici plutôt d'un *mariage* qui tâte le terrain. Un *mariage* qui tente de connaître ma position sur le sujet, comme si ce sujet était mon avis sur l'Éducation nationale : pour ou contre l'école le mercredi matin ? Mais je flaire le coup fourré. Ce *mariage* n'est pas aussi anodin que de travailler le mercredi matin ou pas lorsque l'on a 7 ans. Ce *mariage* est en forme de tapette à souris, ornée d'un magnifique comté affiné de 24 mois dans une cave du Jura accompagné d'une cuillère de chutney de poire-courgettes, déposé subtilement sur un plateau d'argent armé d'une GUILLOTINE !

« Une photo de moi enfant, nu, projetée sur un écran géant devant tout le monde. » Voilà l'image instantanément envoyée par mon cerveau reptilien à l'évocation du mot « mariage ». Puis vient un discours de mon père, de mon beau-père, du père de mon père, du père de mon beau père. Un monde à part. Un monde « où la Terre serait ronde, où la Lune serait blonde ». Un monde dans lequel certains invités font un chèque de 30 euros, parce « qu'on les connaît pas si bien que ça, non plus ».

Et puis la chenille qui redémarre, la salle des fêtes qui accueillait encore le bingo la semaine passée, les cravates trop larges des boomers, le groupe de bossa-nova que personne n'écoute parce que personne n'écoute de bossa-nova, les tables sur le thème du voyage avec les photos des mariés en selfie en tenue de randonnée dans les Cévennes habillés en Quechua, le DJ de campagne beauf qui lance le Madison, le PowerPoint raté de leurs photos d'enfance et ses transitions pathétiques qui rebondissent sur l'écran avant de disparaître en tourbillon, le tonton bourré qui klaxonne au volant de sa Laguna délabrée, les toasts à vomir de « pain surprise » qui ne sont que des bouts de pains avec du pâté de la marque Repère et dont la seule surprise serait qu'ils soient comestibles, le témoin célibataire à la vie amoureuse abyssale et dont l'organisation du mariage de son amie d'enfance constitue l'aboutissement de sa triste existence, le discours larmoyant sur la grand-mère crevée qui nous regarde dans le ciel, la mariée affreuse habillée de sa robe débile maquillée comme un transsexuel brésilien que tout le monde s'efforce de complimenter : NON, JE NE ME MARIERAI PAS !

FIN !

Et je suis contre l'école le mercredi matin.

FIN !

3 ans plus tard que 12 ans plus tôt

*100 grammes de farine, 75 grammes de sucre,
50 grammes de beurre*

Septembre 2011

Assis à la table d'un café devant un carnet en cuir relié, un stylo plume à la main, j'écris d'un air ombrageux et concerné. Les chaises du *Broc-Bar* sont aussi froides que les serveurs, mais la terrasse est pleine, je me suis laissé influencer. Pourquoi préfère-t-on s'installer dans un restaurant plein qu'un restaurant vide ? Parfois, je ne comprends pas notre cerveau : combien de fois nous sommes-nous baladés en amoureux en ville à la recherche d'une table, en snobant les restaurants vides tout en pestant contre les restaurants complets ?

Sylvain Tesson écrit que « tenir un carnet nous oblige à penser plus fort, à écouter plus fort, et à vivre plus fort* ». Il compare le rendez-vous du soir avec son carnet à celui avec une amante : il serait fâcheux de ne rien avoir à lui raconter. Avec cette logique en tête, je repense à cette soirée en amoureux dans le Vieux-Lyon, l'année dernière, lorsqu'elle m'avait sondé à demi-mots sur le mariage. Ma position est claire sur le sujet, mais au-delà de ma réaction épidermique, j'imagine que je dois à mon amoureuse au moins la tentative d'une réflexion. Pourquoi ne pas consigner mes pensées dans ce carnet ? Après tout, c'est un cadeau de sa part, je lui dois bien cela. Ou alors, s'agirait-il d'un piège machiavélique de sa part ? Savait-elle que j'arriverais à cette conclusion ? Peu importe, je me lance. Par où commencer ?

La vie, la vie, la vie... Toujours cette obsession de s'engager pour la vie. J'ai 25 ans : suis-je capable de rester avec une seule femme toute la vie ? Je change de portable tous les ans ! Un jour, j'en veux un plus petit, puis un plus grand, puis un plus blanc, puis un plus noir, puis un plus robuste ; et si finalement je prenais un Coréen ?

Et si demain, l'envie me prenait de changer de femme ? Et si j'en voulais une plus grande, puis plus petite, puis plus blanche, puis plus noire, puis plus robuste ; et si finalement je prenais une Coréenne ?

Juin 2012

La vie, la vie, la vie... Toujours « toute la vie » ! Chez le banquier, lors de l'achat d'un T3 avec terrasse plein sud et parking en sous-sol, nous nous engageons sur 25 ans. C'est déjà bien, non ? Ce n'est pas la vie, certes, mais c'est un tiers de vie.

Je précise : le meilleur tiers ! Celui pendant lequel nous n'habitons ni chez nos parents ni à la maison de retraite. Je m'imagine la convier au *Broc-Bar*, lui commander un chocolat chaud en l'invitant à s'asseoir sur une chaise glacée, et lui dérouler un argumentaire digne d'un conseiller bancaire qui tente de refourguer une assurance-vie à 3,5 % :

— Ma chérie, voici ma propale : indexer notre amour sur la durée du crédit immobilier. Prenons un pas de recul ensemble : tu as en face de toi un homme qui s'engage à être à tes côtés pendant les plus belles années de sa vie. Imagine ces 25 années. Ferme les yeux : une main de bébé qui agrippe ton index et qui ne veut plus le lâcher, un plan de maison dessiné un soir de semaine autour d'un verre de pinot noir, des plants de verveine à couper pour la tisane du soir, un coucher de soleil en Grèce à admirer, des chagrins à partager... Allez, banco ! On part là-dessus ! Je t'envoie une invitation Outlook pour dans 25 ans. Tu es disponible le 24 mars 2037?

Décembre 2013

Le *Broc-Bar* a un avantage non négligeable : sa vue sur la basilique. Fourvière est belle en toutes saisons. Dans notre salon, nous venons de réaliser un tableau avec des photos d'elle, tantôt couverte de neige, tantôt inondée d'un soleil d'été, ou parfois entourée de ses arbres aux couleurs d'automne rouge et orange. Je la contemple, elle m'apaise. Elle me renvoie l'histoire que nous nous racontons, ici à Lyon, de génération en génération. Une histoire dans laquelle l'épidémie de la peste de 1643 est arrêtée à l'entrée de la ville grâce à l'intervention divine de la Vierge Marie. J'imagine les rues pavées, les bruits des sabots ferrés des chevaux transportant les marchandises du centre-ville. Si seulement je n'avais pas si froid aux fesses.

« Apprendre à rêver, à rêver pour deux, rien qu'en fermant les yeux, et savoir donner, donner sans rature, ni demi-mesure, apprendre à rester, vouloir jusqu'au bout, rester malgré tout, apprendre à aimer ». Oui, ma vie est une chanson de Florent Pagny ! Et alors ? Et si nous décidions que cela nous suffisait ? Que cette bulle de paroles douces et romantiques nous apporte un cocon réconfortant dans lequel nous pourrions rester toute notre vie, au bord d'un feu de cheminée dans des chaussettes en alpaga en buvant un verre de chocolat chaud, derrière les carreaux d'un chalet en bois au toit enneigé ? Nous pourrions imaginer un monde dans lequel se mettre à nu devant toi, t'ouvrir la porte de mes sentiments et te les livrer en te disant « je t'aime » dans les yeux, comme je n'ai jamais dit « je t'aime » auparavant, c'est déjà un engagement. Fort, puissant, vertigineux. Ensemble. Un monde dans lequel nous nous suffisons à nous-mêmes. Toi, moi, et Florent.

Cher carnet, il est temps d'être honnête entre nous : écrire dans un journal me renvoie vraiment l'image d'une jeune fille de 13 ans. « Styven m'a regardée cet après-midi, à la cantine ; j'ai ressenti de l'électricité dans tout mon corps ». Je suis une fille de 13 ans dans le corps d'un jeune homme de 27 ans. L'âge et le sexe ne sont pas identiques, mais mes questions sont celles qu'elle se posera dans quelques années : pourquoi les gens divorcent ? Nous venons de connaître notre premier couple de divorcés. Et nous avons 28 ans. Ils ont été mariés 11 mois.

Ce week-end, ma future m'a fait découvrir son film préféré. J'ai vécu un véritable choc : certainement la plus belle histoire d'amour écrite jusqu'à présent et la plus belle performance d'acteur que j'ai pu observer dans ma courte vie. *Cyrano de Bergerac*, joué par Gérard Depardieu et adapté du roman d'Edmond Rostand. Un homme est prêt à tout pour démontrer l'amour qu'il porte à une demoiselle, jusqu'à imaginer ne jamais révéler son amour pour elle jusqu'à sa mort. Si Cyrano s'était marié, pourrions-nous imaginer qu'il divorçât ?

Pourquoi se séparer, 11 mois après avoir organisé un mariage et réuni sa famille, ses amis, Dieu, avoir pleuré devant tout le monde et déclaré, tel Cyrano sous le balcon de sa dulcinée :

POÈTE : Catherine, ô rose de mon âme, ô plume tombée du ciel, neige d'été et cerise d'hiver, graine de folie dans mon désert de vie, clair de lune de ma nuit éclairée, toi qui me mets de la crème dans le dos sur la plage du Grau-du-Roi...

AMBITIEUX : Catherine, ces dix-neuf années passées à tes côtés ont été un véritable bonheur. Nul doute que sans notre rencontre, je n'aurais jamais accédé si rapidement au comité exécutif de BNP Paribas. Si derrière chaque grand homme se trouve une femme, sache, Catherine, que tu es une très grande femme.

MARIÉS AU PREMIER REGARD : Catherine, ces quelque treize minutes passées à tes côtés ont été un véritable bonheur. Sans toi, ma vie ressemblerait à ce qu'elle était il y a environ un quart d'heure.

FILM FRANÇAIS : Catherine, la vie sans toi, c'est comme la mort avec toi. Alors pourquoi, si le tourbillon de mon âme s'emballe à ton regard, tu me prends la main dans un geste lorsque mon cœur vacille à l'idée de te perdre ? Sinon, comment l'amour, que tu aimes plus que moi, pourrait-il se perdre dans les limbes de mes entrailles ?

TÉLÉPHILE : Catherine, c'est une évidence. Je me sens aujourd'hui comme Michel et Géraldine dans *L'Amour est dans le pré*, saison 12 épisode 14, lorsque Géraldine arrive à la ferme et déclare, les yeux embués d'amour : « Oh, Michel ! » Quel moment de grâce dans la réponse de Michel, pleine de naïveté : « Crévindieu barbefla riboulfin Géraldine ralfutra brola bron bron lafieu lababi labablon frafrastriou dèlbleukin tracteur lamamifle. » Catherine, aujourd'hui, dans un élan de bonheur suprême, j'ai envie de te déclarer, comme Michel : « Crévindieu barbefla riboulfin, Catherine... ». Bref, tu connais la suite de la réplique aussi bien que moi.

CONQUERANT : Catherine, c'est ma femme ! Elle est à moi. Moi, moi, moi. Ma femme. À moi. La mienne. MA Catherine.

Et tout ça pour quoi ? Pour divorcer deux ans plus tard pour foutre le camp avec la stagiaire ? 45 % des couples mariés divorcent, c'est donc presque un couple sur deux. Comment en arrivons-nous là ? Qui est responsable de cette statistique effrayante ? Le lobby des DJ ? L'absence de Dieu dans le cœur des hommes ? Est-ce que le taux de divorce est corrélé à l'invention des Crocs ?

Cette absurdité m'angoisse ; comment croire au mariage ; comment se projeter dans un avenir serein ; quel modèle de famille offrir à notre progéniture ; comment arriver à organiser Noël en cas de séparation ; pourquoi les hommes sont-ils toujours les perdants lors des divorces ; les hommes sont-ils vraiment toujours les perdants lors des divorces ; y a-t-il vraiment un gagnant et un perdant lors d'un divorce ; qui garde la maison, qui garde le chien ; pourquoi Google m'envoie des publicités telles que : « un divorce pas cher près de chez vous » ; que fait Google de mes données ; Google me connaît-il mieux que ma future ? Avant de se marier, nos futures devraient-elles avoir accès aux données de nos téléphones pour connaître notre vraie personnalité afin de prendre une décision réelle ; ma future aurait-elle vraiment envie de se projeter avec moi si elle savait que j'avais regardé trente-deux fois le clip vidéo de Miley Cyrus sur YouTube ; pourquoi Google ne paye pas d'impôts en France ; comment faire pour ne plus payer d'impôts ; pourquoi Google m'envoie une pub : « comment ne plus payer d'impôts » ?

Ces angoisses de l'institution viennent presque éclipser le plus important. Si je devais la demander en mariage aujourd'hui et lui déclarer mon amour, je serais moi-même une version de Cyrano. Peut-être serais-je le personnage SINCERE : Tu es ma meilleure amie, ma confidente, et la personne autour de laquelle je souhaite construire toute ma vie. Tu es à la fois la légèreté et la profondeur de ma vie. Légère quand tu me fais découvrir la joie ridicule et enfantine des concerts, à sauter dans une boue rouge et visqueuse dans un terrain vague. Légère devant des films classiques : les répliques amoureuses de Cyrano, les vacances paisibles de Marcel Pagnol au sein de sa garrigue provençale, les pièces de théâtre improvisées des quatre filles du docteur March. Profonde aussi, au point de se demander autour d'un verre de syrah les valeurs que nous souhaitons transmettre à nos enfants : la générosité de nos mères, la passion de la musique de ton grand-père, le sens du commerce de mes aïeux.

Janvier 2015

Nous avons passé le week-end chez des amis à La Fouillouse, à côté de Saint-Étienne. Jean-Luc et Danielle ont un plan de travail en marbre de Florence. Que pense le marbre de cette situation ? Lui a-t-on demandé son avis : « Marbre, souhaites-tu déménager de Florence à La Fouillouse ? »

Le couple de Jean-Luc et Danielle est aussi usé que leurs prénoms. Chaque date, au détour d'une histoire, est discutée âprement pendant l'apéritif. Nous les regardons, spectateurs, spritz à la main, avec au fond le rêve enfoui face à cette guerre froide de nous lever et de hurler d'un alcool mauvais : « On s'en bat les steaks de quand vous êtes allés à Disneyland pour la dernière fois ! Jean-Luc, ravale-moi cet orgueil à la con et Danielle, arrête de réserver des putains de billets pour Disneyland ! »

Pourquoi les gens ne divorcent pas ? Pourquoi Jean-Luc reste avec Danielle, si c'est pour ne plus l'admirer quand elle raconte qu'elle est émue aux larmes en lisant un roman de Virginia Woolf ? Quelle force implacable le scotche à son canapé tandis qu'elle se lève et monte les escaliers, l'invitant sans le dire à le rejoindre dans la chambre à coucher ? Pourquoi diable s'entêter à vouloir partager sa vie avec sa femme, s'il ne ressent plus l'envie de se faire beau pour lui plaire, et attendre d'elle un soupçon de désir dans son regard à sa sortie de la salle de bains ? Tu as les cheveux sales, Jean-Luc, on sait que tu le sais. Tout le monde le sait. Fais quelque chose.

Février 2015

Jean-Luc a acheté une tireuse à bière pour la maison.

Mars 2016

Le coude mouillé de vin blanc à la qualité aléatoire, un pilier de comptoir dégaine l'expression beauf et vide de sens : « Une bonne guerre, ça ferait pas de mal. » Souvent, cette expression vient ponctuer une pré-réflexion bas du front creusée de raccourcis. Le souci, c'est que personnellement, je pense souvent qu'une bonne guerre, ça ferait pas de mal... Mise en situation : la semaine dernière, lors d'un trajet en BlaBlaCar, la conductrice m'a raconté son aventure entrepreneuriale insensée. Vente de sex toys en ligne, explosion des ventes, test des produits à la maison. Lorsqu'elle m'a expliqué que ce qui cartonnait le plus en ce moment étaient les stimulateurs prostatiques, je l'avoue, j'y ai pensé. « Une bonne guerre, ça ferait pas de mal. » Réflexion du jour : lorsqu'au sein d'une civilisation, tu as le luxe de prendre le temps de te stimuler la prostate avant d'aller au boulot, un petit bombardement pour se remettre les idées en place, hein... Pas sûr qu'en Syrie, ils aient souvent l'opportunité de prononcer la phrase : « Chéri, tu ne sais pas où j'ai rangé mon stimulateur prostatique ? Il était juste là ! » À mon avis, dans ce pays en guerre, ils ont plus souvent la possibilité de prononcer la phrase : « Chérie, tu ne sais pas où j'ai rangé notre immeuble ? Il était juste là ! » La première fois que j'ai entendu le terme « stimulateur prostatique », j'avais 9 ans et je jouais au Scrabble. Ma grand-mère m'avait fait croire qu'il s'agissait d'un super-pouvoir. J'ai donc joué toute mon enfance à Super Prostate. Sombre époque de ma vie. Enfin, c'est surtout le chat qui l'a mal vécu.

Récapitulons ce que nous savons sur le mariage de nos jours. Sur 100 % de couples mariés, 45 % divorcent. J'ajoute une dose non négligeable de couples malheureux encore mariés, non recensés par l'INSEE. Je complète la liste par un certain nombre de couples mariés heureux, mais dont l'un des deux disparaît tragiquement en cours de route. Statisticien en freelance, je conclus avec aplomb qu'il est extrêmement probable qu'une belle vie de merde s'annonce ! Heureusement, c'est mon cœur qui guide ma vie, et pas l'INSEE. Et mon cœur me dit au quotidien que j'aime plus que tout au monde ma future. Chaque jour passé à ses côtés est une bénédiction : on rit ensemble, on s'émeut ensemble, on construit ensemble, on est forts ensemble.

Il ne reste qu'à prier que les 45 % n'aient pas pris les mêmes décisions avec leur cœur et on est bons.

Juin 2017

Ce 16 juin 2017, nous avons fêté mes 31 ans. Je me félicite de cette date de naissance. Si c'était à refaire, je choisirais à nouveau la même. Nous sommes à peu près certains d'avoir le beau temps, et personne n'est en vacances : c'est l'assurance d'une belle fête. Pensées à tous ceux nés le 26 août.

Toute ma famille était réunie. Comme cela fait six ans que nous sommes en couple avec future, nos proches s'interrogent sur notre envie de mariage. « À ton âge, nous étions déjà mariés depuis quatre ans avec ton père ». Si ma grand-mère avait été en vie, elle aurait précisé : « dix ans pour moi ». À cet instant, je me demande ce que diront nos enfants. Il est possible que je représente la dernière génération qui s'interroge sur le mariage. En 2050, les futurs trentenaires auront peut-être déjà enterré ce vieux concept poussiéreux d'amour monogame hétérosexuel. Tandis que je me demande si je suis capable de m'engager pour la vie, ma fille se demandera peut-être à la place comment s'organiser pour garder les enfants lorsque l'on est quatre dans le couple : un IL, un IEL, un ELFE et un IELFE.

Une coupe de champagne à la main, ma mère m'attire dans un coin de la cuisine vers une petite boîte en bois qui semble avoir traversé le temps pendant que le reste des convives festoie au salon. Elle me dévoile, dans un murmure et un regard complice, un secret qu'elle gardait pour « le bon moment ». Dans la boîte se trouvent les bijoux de ma grand-mère qui me sont destinés en vue du jour où j'épouserai ma future. L'idée est simple : il s'agit de faire fondre les bijoux pour que l'artisan joaillier puisse me modeler une alliance sur mesure ; ainsi, ce métal précieux continuera sa vie dans la famille, lui qui a été témoin de cinquante-huit belles années de mariage. Cinquante-huit années qui ont vu passer l'occupation allemande, l'arrivée du jazz, une vie à Aix-en Provence, des randonnées à Sainte-Victoire, des soirées endiablées sur le cours Mirabeau, la sortie au cinéma pour voir *West Side Story*, des heures à trouver un horaire de cinéma sur le Minitel, des heures à écouter des sketches de Fernand Reynaud sur vinyle. Ce bijou a connu la première bouchée de compote de ma mère bébé, sa rencontre avec mon père sans cheveux blancs, son mariage à 27 ans en Citroën Ami 6, un déménagement à Lyon et trois naissances de petits-enfants.

Aujourd'hui, il se retrouve sous mes yeux. Mes yeux, qui pensent qu'il serait plus sage d'indexer notre amour de couple sur la durée du crédit immobilier.

Le regard complice et tendre de ma maman ne semble pas déceler que mon visage s'est figé dans un sourire froid et mécanique. Je me sens piégé entre l'émotion qu'elle attend de moi de cette transmission d'une vie passée et la peur que je devrais ressentir liée à mon immaturité sur le sujet. Intérieurement, je ne ressens aucune émotion, ce qui m'inquiète encore plus. C'est pourtant beau, cette confidence d'un monde à l'autre. Cette volonté qu'une part de soi perdure à travers le temps. Cette capacité à vaincre l'oubli que la mort nous propose.

Personnellement, je n'ai jamais compris cette capacité des humains à idolâtrer les objets. Cette croix autour du cou touchée frénétiquement par le croyant, ce saint Christophe en guise de protection sur le tableau de bord du camionneur, cette armoire à trophées de jeunesse nous rappelant les exploits d'un corps d'adolescent. À l'évocation de ma grand-mère, c'est surtout l'odeur de ce gratin de courgettes avec sa chapelure croustillante qui me revient. Ce passage secret derrière les cyprès pour aller boulotter des framboises. Ce goût acide du jus de raisin de son jardin, bu dans sa cuisine aux carreaux orange.

A-t-on besoin des objets pour matérialiser un engagement, pour asseoir une transmission ? A-t-on besoin de mettre une alliance au doigt de son épouse pour concrétiser la promesse d'une vie faite avant tout de passion, d'étincelle lors d'un regard volé, de papillons dans le ventre lorsqu'elle enlève sa robe, de rires étouffés sous la couette lorsque tout le monde dort ?

Novembre 2017

Un jeune homme bien apprêté passe devant ma table, un bouquet de fleurs à la main, en vue, j'imagine, de rencontrer sa future belle-mère. Du moins, je crois deviner un bouquet, enroulé dans une bâche de plastique et flanqué d'une carte affreuse « plaisir d'offrir, joie de recevoir ». Les fleuristes vendent ce qu'il y a de plus beau au monde : des couleurs – chatoyantes, verdoyantes – des effluves – cuirassés, anisés. Alors pourquoi diantre enrouler ce superbe bouquet sous huit mètres de plastique ? Ce n'est plus un bouquet, c'est un encombrant ! La future belle-mère : « eh bien, alors, vous avez oublié de passer à la déchetterie ? Les encombrants, c'est à la 8 !»

« On s'est mariés à l'église par tradition ! » Très bien, Églantine. Et qu'est-ce qui va se passer si nous continuons comme toi à ne pas utiliser notre cerveau dans la vie, Églantine ? Nous allons finir par regarder Cyril Hanouna en mangeant du Monique Ranou, Églantine. C'est ça que tu veux, Églantine ? Crois-tu en Dieu, Églantine ? T'es-tu au moins posé la question, Églantine ? Si Dieu existe, que pense-t-il de ton prénom, Églantine ?

Oui, je le confesse. Entendre Églantine me raconter tout naturellement qu'elle s'est mariée à l'église « par tradition » me donne envie de courir dans la forêt et de hurler en tapant sur un Douglas. Ou sur un Thierry. Si je devais me marier à l'église, j'aimerais que cela soit un choix délibéré de ma part qui reflète et respecte ma foi. Un choix et pas une tradition. Une tradition, c'est une baguette bien cuite que l'on achète chez le boulanger du coin pour saucer son poulet à la crème.

Cela dit, je l'envie. J'envie cette capacité de prise de décision sans remettre en question le monde qui nous entoure. Je le fais d'ailleurs pour d'autres sujets : prendre un vol pour New York pour aller voir les marchés de Noël sans me dire que le voyage représente six baignoires de pétrole par jour par personne pendant un an ; aller voir un match de l'OL à Décines dans son nouveau stade flambant neuf sans imaginer les paysans présents depuis quatre générations expropriés par les promoteurs immobiliers ; acheter une chemise en solde sans penser aux travailleurs exploités. Alors pourquoi ne pas continuer dans cette logique concernant le sujet du mariage ? Églantine a peut-être fait le choix de rouler dans les traces de ses ancêtres pour s'éviter de trop réfléchir. En fin de compte, j'imagine que si cela me fait ressentir de la colère, c'est peut-être parce qu'elle me renvoie encore une nouvelle question à la figure : *Et toi, tu crois en Dieu ?*

Mon rapport à la foi est perturbé depuis ce cours de catéchisme dans lequel je me suis permis, à 11 ans, de déclarer à mon enseignant que je ne croyais pas en Dieu. C'est ma sœur qui me l'avait révélé le matin même avant de prendre mon bus. Cette même sœur grâce à qui j'ai évité le piège de la première cigarette lors de la première boum. Cette sœur qui m'a fait découvrir la culture hip-hop new-yorkaise. Alors au sujet de Dieu, elle devait forcément avoir raison. Mais voilà : cela n'était pas l'avis de cet enseignant qui, *de facto*, convoqua mes parents sur-le-champ. Le champ de bataille idéologique. Je revois cette petite salle humide au sein du presbytère de l'école catholique payée par mes parents. « Alors, il paraît que tu ne crois pas en Dieu ? Explique-nous tout ça ». Dans ma tête, la voix de l'enseignant résonne avec un fort accent allemand, une lumière aveuglante projetée en plein visage, et deux pinces de moteur de voiture me mordant les tétons ; il serait certainement opportun que je réduise ma consommation de séries B américaines. Avec le recul toutefois, je me demande pourquoi je n'ai pas formulé cette interrogation vis-à-vis de Dieu en cours d'arts plastiques : cela m'aurait valu moins de problèmes.

Pendant des années, comme toute une génération, je suis devenu indifférent à ce sujet. De l'indifférence, je suis passé à la colère. Les scandales sexuels, ma visite du Vatican et de ses richesses pillées depuis 2 000 ans à tous les

Empires de l'histoire, les messes interminables en latin. Pour autant, une sensation réside. Elle est là, elle existe. Cette sensation qu'il existe plus que notre simple vie faite de chair et de sang. Cette sensation qui nous dépasse en tant qu'être humain, et que l'on ne voit pas. L'amour en est une démonstration. Cette sensation qui nous transcende lors d'une déclaration à sa bien-aimée, ou en tenant son enfant contre soi. Tous ces signes qui se dressent sur notre passage. En parlant autour de moi, je m'aperçois que nous sommes nombreux à ressentir la même chose. Certains l'appellent « l'Univers », d'autres « Gaia », d'autres « les âmes ». Chacun a sa définition, évitant soigneusement de parler de Dieu et de son Église que nous ne comprenons plus. Certains se contentent de penser qu'une bonne guerre, ça ferait pas de mal.

En conclusion, Églantine, je te comprends, malgré ton prénom irritant. Je comprends qu'il est plus simple parfois d'emboîter le pas de la tradition plutôt que de porter le poids de la question. Surtout pour saucer son poulet à la crème.

Décembre 2017

« On fait ce qu'on peut avec ce qu'on est », déclare ma voisine de table à son amie, inquiète de se faire dévorer par sa charge mentale. Pour ou contre la peine de mort concernant les personnes qui promulguent des conseils d'amis à base de phrases insipides et creuses ?

Autre question existentielle : pouvons-nous être amoureux de deux personnes à la fois ? J'écoutais France Musique dans la voiture ce matin – oui, je suis un adulte – et je suis tombé sur le classique de Beethoven, *La Lettre à Élise*. Les historiens sont formels : Élise n'était pas sa femme ; au mieux, son amante. Et c'est justement l'amour pour cette amante qui lui aurait donné l'inspiration nécessaire pour composer ce chef-d'œuvre intemporel. En d'autres termes, si ce bon vieux Ludwig avait respecté les engagements du mariage, c'est Laurent Voulzy qui aurait accompagné mon trajet matinal. Merci Élise.

Pare-chocs contre pare-chocs, me demandant comment notre civilisation s'est mise d'accord pour que tout le monde prenne sa voiture au même moment, au même endroit, pour aller travailler toute la journée derrière un écran, une nouvelle option se dévoile. Alerte moment « c'était mieux avant » : les amantes de l'époque avaient assez de charisme pour poser seins nus devant la fenêtre, un porte-cigarette au bout des lèvres, comme Rose devant Jack dans *Titanic*, tandis que ce dernier brossait son portrait au fusain, un verre de brandy à la main. Époque durant laquelle nous utilisions sans rougir les termes « fusain » ou « brandy ». Aujourd'hui, l'amante de ce bon vieux Ludwig s'appellerait Cassiopée, elle sortirait des

Marseillais à Miami, se prendrait elle-même en selfie avec un filtre « connasse » et n'aurait rien inspiré du tout. Je crois que les embouteillages ne me font pas de bien.

Si l'amante de Beethoven s'était appelée Cassiopée au lieu d'Élise, aurait-il toujours nommé sa musique d'après son prénom ? Peut-on imaginer qu'un chef-d'œuvre du XVIIIᵉ siècle s'appelle *Lettre à Cassiopée* ? Et rappelons que Beethoven était sourd : avait-il la capacité de juger qu'un prénom fût moche à l'oreille ? Peut-être qu'en braille, « Cassiopée » est doux au toucher, après tout. Un mot pourrait-il écorcher les oreilles d'un entendant, mais caresser les doigts d'un sourd ? Qu'en est-il du mot « urètre » ?

Janvier 2018

Une Bible semble trôner, seule, sur la table du *Broc-Bar*. J'utilise le terme « trôner » pour donner un caractère mystique à cet ouvrage, mais soyons honnête. Elle ne trône pas ; elle a été oubliée. À la vue de la place laissée aux personnes homosexuelles au sein du récit biblique, nous pourrions imaginer qu'un lecteur client habitué des lieux ait été choqué, puis ait jeté l'éponge. « Si c'est ça, Jésus, j'arrête ».

Armé d'une certaine dose d'aventure, j'ai ouvert le livre au hasard et suis tombé sur un article stupéfiant. Et bien entendu, par article, j'entends strophe. Paragraphe. Alinéa. Verset. Couplet ? La Bible est-elle une longue comédie musicale ? Un certain Luc rapportait les paroles de Jésus sur l'adultère. « Un homme qui a des pensées pour une autre femme commet déjà l'adultère ».

Bon, je crois qu'on va oublier cette histoire de mariage. En tout cas, si c'est une comédie musicale, c'est franchement raté. Trône sur la table d'à côté, Bible.

Février 2018

Un mal de tête matinal risque de me freiner dans ma capacité de réflexion au moment de me pencher sur cette question du mariage. Signe de mon vieillissement, j'utilise le mot « discothèque » pour décrire ma soirée de la veille. Nombreuses sont les alertes qui me crient de ne plus me joindre à ce type de soirée, à commencer par les questions qui m'assaillent lorsque je foule le dancefloor. Le sol est collant : où se trouve la serpillière ? La musique est beaucoup trop forte : que vont penser les voisins ? Les vrombissements de la sonorisation colonisent l'intérieur de tout mon corps, m'empêchant de sentir battre mon cœur : suis-je encore en vie ?

Une légende urbaine tenace souffle qu'il serait une bonne idée d'entériner son projet de mariage chez un notaire. En quoi ce gratte-papier, le nez dans ses cadastres, a-t-il la légitimité pour se mêler de mon amour ? « Il faut faire un contrat. » Un contrat, comme au travail ? Pourquoi ne suffit-il pas d'aller au bord d'une rivière en Bourgogne, les pieds nus, une couronne de fleurs sur la tête et de réciter un poème de Baudelaire ?

Ô Beauté ! ton regard, infernal et divin,
Verse confusément le bienfait et le crime

Voilà à quoi devrait ressembler l'union de deux êtres qui s'aiment : réciter des vers, bercés par le la mélodie éternelle du ruissellement d'une cascade, et en buvant ce que la Terre nous offre avec la femme qu'on aime. Au lieu de cela, notre civilisation a décidé de se rendre en SUV chez Maître Pierre, dont l'étude est installée au sein d'une maison récente en périphérie de la ville.

Juin 2018

« Jusqu'à ce que la mort nous sépare ». Sommes-nous obligés de parler de cela maintenant ? Et puis sommes-nous réellement obligés d'aller jusque-là ?

« Catherine, si je t'ai convoquée ce jour, c'est pour te confirmer que nous avons passé trente belles années ensemble. Cela dit, un nouveau challenge s'offre à moi : celui de la retraite. J'ai lu dans *Maison et Jardin* un super concept de rénovation de caravane. J'ai toujours rêvé de voir la Nouvelle-Zélande : tu savais que c'était là-bas qu'on avait tourné *Le Seigneur des anneaux* ? Dingue, non ?

C'est donc ici que nos chemins se séparent, ma Catherine. Je vais devoir te laisser gérer en toute autonomie ton cancer du fion. Pardon ? Oui, du côlon. Je te reconnais bien là, Catherine, à vouloir me corriger en permanence. Sache que pour nous autres, le grand public, le terme de côlon reste assez technique. Personne ne sait réellement à quoi sert le côlon. Idem pour les animaux : qui sait si les hamsters ont un côlon ? Alors que oui, Catherine : les hamsters ont un fion. »

J'ai toujours aimé ce mot : *fion*. Je le trouve drôle et libérateur. Hurler « fion » dans l'open-space quand le dernier collègue est parti, lorsqu'on se retrouve seul avec sa cravate tachée de ketchup de la cantine et les néons jaunes, eh bien, oui, cela fait du bien au moral. Pour aller plus loin, je pense même que cela devrait être une technique de développement personnel reconnue par tous. La seule question résiderait dans le potentiel de vente au rayon développement personnel d'une librairie. Entre *Retrouvez votre moi intérieur avec la pleine conscience* et *Les Huit Âmes perdues de notre corps céleste*, les lecteurs craqueraient-ils pour *La Technique du Fion* ?

Ici, le lecteur de mes notes pourra se sentir dérouté, surtout si ce dernier est un fervent fidèle de France Musique. Aussi, je propose un exercice concret issu de notre livre imaginaire, technique que j'ai moi-même brevetée hier matin dans les bouchons : chanter *La Marseillaise* en remplaçant tous les mots par le mot « fion ». Conclusion de l'expérience : j'en suis ressorti détendu, relaxé, léger. J'avoue avoir moins ri lorsque j'ai réalisé que ma fenêtre était ouverte et qu'une grand-mère, piétonne, me regardait. Elle avait un visage doux qui laissait deviner un demi-sourire. Dans un autre contexte, cet échange de regards aurait pu être le point de départ d'une belle rencontre. Un matin, n'importe quel matin, un bonjour, un sourire échangé, « j'habite ce quartier depuis 35 ans, mon mari était directeur d'une usine de fabrication d'ampoules ». Mais aujourd'hui, le point de départ de notre rencontre n'aboutira pas à une discussion sur le temps qui passe. À l'instant où nos regards se croisent, je suis en passe d'attaquer le « Aux armes » de ma *Marseillaise* en version *« fion »*. Mes poumons sont gonflés plein bloc, mon regard est fier, mon menton levé, mon torse bombé. Je ne peux pas expliquer la suite de l'épisode, toujours est-il que j'ai continué à chanter en allemand. Comme si « fion » était un mot allemand, certainement ? Aucune idée. Surtout que, soyons honnête, mes cours de LV2 remontent à 17 ans en arrière, donc il y a de fortes chances que les paroles qui sont sorties de ma bouche ressemblaient plutôt à « Papi répare une lampe » ou encore « Sabine aime les cochons d'Inde ». Heureusement, le feu est passé au vert : mon vocabulaire était à sec : je ne parle allemand que lorsque des pinces de moteur de voiture me mordent les tétons.

Note pour moi-même : si je me lance dans la rédaction de ce livre, ne pas oublier que cela marche aussi avec les tubes suivants : *Hallelujah* version Jeff Buckley, et le générique de *Star Wars*. Cher fidèle de France Musique : si tu es arrivé indemne jusqu'ici, alors réjouissons-nous, car nous allons encore faire un beau bout de chemin ensemble.

Septembre 2018

Le *Broc-Bar* est un lieu de rendez-vous homosexuel. Cela ne devrait pas être précisé, j'en conviens. Pourtant, la partie de mon cerveau reptilien (je l'appelle Pascal Praud) ne peut pas s'empêcher de se demander si je n'envoie pas un mauvais signal en buvant une tisane « nuit tranquille » de la marque Les deux marmottes, à 16 heures, un jeudi hors vacances scolaires, habillé d'un plaid me réchauffant les gambettes. Dès lors, à ce stade, utiliser le mot gambette relève de la prise de risque. Aussitôt, la partie de mon cerveau limbique (je l'appelle Sandrine Rousseau) me rétorque que c'est une pensée typique de l'homme blanc toxique hétérosexuel qui, par réflexe, classe les genres dans des cases clichés. Ce à quoi mon cerveau reptilien réplique qu'elle devrait déjà s'occuper de bosser plutôt que de boire une tisane nuit tranquille un jeudi à 16 heures hors vacances scolaires, et que ce n'est pas la peine de venir pleurer parce qu'elle est rémunérée 30 % de moins que les gens normaux. Et voilà que s'invite dans la discussion le serveur (je l'appelle Patrick), non mécontent de mettre son grain de sel en déclarant que « la tisane, c'est 2,80 euros s'il te plaît ».

Patrick est-il marié ? Patrick a-t-il des parts dans le *Broc-Bar* ? Patrick a-t-il des dettes ? Si Patrick est marié, qu'il a des dettes, qui les rembourse s'il ne peut plus les rembourser ? Son époux ? Le père de son époux ? Le grand-père de son époux ? Un grand-père homophobe peut-il légalement devoir rembourser des dettes contractées par le mari de son petit-fils ?

Je crois avoir compris à quoi sert un notaire.

Janvier 2019

Tout en mordillant mon stylo l'air grave, je philosophe : et si le vrai problème de la vie, c'était le travail ? Réfléchissons : que pourrions-nous faire si nous ne passions pas 98 % de notre vie au travail ?
Randonner dans les fjords norvégiens. Naviguer au gré du vent et s'endormir au mouillage dans une crique corse. Se réveiller seul, ou seuls, avec l'impression que le soleil ne se lève que pour soi. Jouer aux échecs sur une table en bois avec un pêcheur éméché à la barbe hirsute. Boire une Guinness dans un pub irlandais en compagnie de soiffards aux pommettes rosées par l'alcool et le froid. Prendre un train en direction du Japon. S'arrêter par la Mongolie, se faire un ami qui s'appelle Chen. Se faire inviter chez ses parents

pauvres, se voir forcé à manger un plat détestable réservé aux hôtes de luxe, comme des testicules de ratons laveurs. « Toi, pas pouvoir refuser, sinon manque de respect ». MAIS PUTAIN, CHEN, C'EST QUAND MÊME DES COUILLES DE RATONS LAVEURS !

30 k€. C'est le prix d'un mariage. Oui, je parle en k€, oui je suis un adulte, oui j'ai une chambre d'amis et une cave à vins. Oui, j'écoute de la musique classique sur France Musique sur l'autoroute parce que je trouve ça beau ! Oui, j'ai compris ce qu'était une SCI ! Ce n'est pas ça, l'information de cette phrase. Ce n'est pas le k, c'est le chiffre qu'il y a devant. Les deux ensemble signifient 30 000. Mille fois trente. Quatre zéros qui seront engloutis par les bulles de champagne en une soirée. Une soirée qui sera avalée par le temps. Le temps qui sera ingéré par l'oubli.

C'est le bordel.

Février 2019

Cher carnet,

Je prends la plume pour me confier car un jour de la semaine dernière, j'ai ressenti de l'électricité dans tout mon corps.

Quel jour ? Un jour normal. Un lundi. Un jeudi. Un jour de boulot, certainement. Un jour où je me rends compte au réveil que j'ai oublié de repasser ma chemise la veille. Le type de jour où l'on se réveille en retard. Pas le temps de manger le petit déjeuner, pourtant le meilleur moment de la journée : deux fillettes en pyjama, le regard voilé par la nuit fraîchement révolue croquent à pleines dents de lait leurs céréales dans une odeur ambiante de café italien. Mais ce jour-là, à peine le temps d'enfiler le costume du jour, d'empoigner la mallette en cuir de vachette offerte à Noël, de sauter dans la voiture qui saute elle-même dans les bouchons, d'insulter RMC qui insulte les migrants, avant d'arriver au travail. Geste habituel en arrivant au bureau : j'ouvre la mallette en cuir de vachette offerte à Noël, habituellement pour sortir mon ordinateur.

Mais ce jour-là, je m'aperçois qu'une main – magique – y a glissé un muffin. Un muffin fait maison, aux pépites de chocolat.

Oui, j'aurais pu inventer une histoire de feu d'artifice au-dessus du lac de Central Park. Ou de crépuscule fondant sur les montagnes suisses, avec un ciel virant du mauve au rose. Mais non, je me suis décidé sur 100 grammes de farine, 75 grammes de sucre, 50 grammes de beurre et quelques pépites de chocolat.

Suis-je un fétichiste de la viennoiserie américaine ? Au-delà de sa tendre chair sucrée, par quel miracle s'est-il glissé dans le cuir de vachette, un jour de ventre creux ? Finalement, ce muffin représente tout ce dont un homme peut rêver : un geste d'amour simple, pur, qui n'attend rien en retour. Un geste comme elle m'en offre tous les jours.

Et si c'était ça, le secret ? Partager sa vie avec quelqu'un prêt à vous offrir de l'amour sans rien attendre en retour, un jour du quotidien ? Un mardi, un jeudi... Un jour de boulot. Un jour où vous oubliez de repasser votre chemise, un jour où vous vous levez en retard.

Ce secret ne répond pas aux questions, il les balaye. Il n'y a pas de question : elle est la femme de ma vie, c'est tout ce qu'il y a à savoir.

Février 2019

Ça y est, je fais partie du club.

Le « club du futur marié qui vient d'acheter une bague de fiançailles à 2 000 balles aux Galeries Lafayette ». Oui, ce club-là, oui.

Le « club du futur marié qui vient de matérialiser dix ans de cheminement spirituel un samedi après-midi dans le sous-sol glauque d'un centre commercial à donner un justificatif de domicile de moins de trois mois et un RIB afin de souscrire à une offre de microcrédit à petit prix en souscrivant à une carte Cofinoga qui vous engage à recevoir des publicités à vie dans votre boîte aux lettres comme en ce moment où vous pouvez avoir moins 5 % sur les parapluies, bien que nous soyons en plein mois de juillet ».

Mars 2019

Le grand jour est arrivé. Je savais que cela allait arriver un jour. Nous y sommes.

Ça y est, j'ai donc reçu ma première offre promotionnelle Cofinoga. Pas dans ma boîte mail, non madame, non monsieur, dans ma vraie boîte aux lettres. J'ai reçu un courrier, imprimé, envoyé par les services de La Poste en personne, à mon nom, à mon domicile, remis par un homme ou une femme fait ou faite de chair et de sang.

Je suis assez fier de me dire que mes dix ans de cheminement spirituel, de questions existentielles, se matérialisent enfin en des choses très concrètes. Parce que maintenant, là, aujourd'hui, si je veux, j'ai moins 5 % sur les parapluies. J'entends d'ici les quolibets : « Mais enfin, nous sommes en juillet ! » Et je leur réponds : vous pensez vraiment que les stagiaires du marketing de Cofinoga n'ont pas prévu le coup ? La preuve : l'offre est valable jusqu'à mi-août. Les mecs se foutent pas de nous.

Avril 2019

Ce week-end, nous sommes allés au mariage de Marc et Odile. C'est la première fois que je me rends à un mariage en me disant que je vais moi-même me marier. Il est vrai que je suis le seul dans mon couple à le savoir, ce qui rend ce non-événement un peu bizarre, je l'accorde. Mais tout de même, j'ai vraiment eu un autre regard sur la cérémonie et en suis sorti avec une conclusion nette et sans appel : à partir de maintenant, je demanderai systématiquement à être assis à la table des enfants. Plus léger.

Table des adultes, 20 heures. À mes oreilles, la conversation ressemble à peu près à cela :

— Moi je suis dans ça, j'ai fait des études de ça, je voulais partir dans ça, et après je suis parti dans ça... Pervers narcissique... Du coup, je me suis orienté dans ça, je pensais être bon dans ça, et tu vois, maintenant, j'ai atterri dans ça !

— Eh bien, moi, je suis dans ça, mon père faisait ça, qui faisait ça avec son père, d'où mon diplôme dans ça. Mais au fond, j'ai toujours voulu être dans ça... Besoin de sens... Et c'est pour ça que je suis parti dans ça, puis dans ça !

— C'est drôle que tu sois dans ça ! Moi avant, j'étais dans ça, j'avais toujours voulu faire ça. Ça fait longtemps que j'avais ça en tête, c'est super de se dire qu'on peut faire ça. Mais maintenant, je suis dans ça... Aux États-Unis. Ouais, aux States ! Los Angeles ! Ouais, L.A. ! En visio, hein. Eux sont à Los Angeles. Moi, je suis chez moi, à La Fouillouse, à côté de Saint-Étienne !

Les enfants dans les cours de récréation n'en ont cure de savoir qui vous êtes, quelles sont vos origines ethniques, sociales. Une moissonneuse-batteuse en plastique suffit à les rassembler et à oublier tout le reste. À l'âge adulte, tout change. Nous nous retrouvons autour d'une table de mariage, nous faisons tournoyer notre verre de merlot en pensant savoir qu'il a le goût de violette et l'odeur du cuir. Comme si au quotidien, en prévision d'un bon verre de vin, nous mâchions des violettes en randonnée et sentions les sièges de notre voiture en allant au travail.

— Tu fais quoi, José ? Tu sniffes ton siège de bagnole ?

— Mais oui, enfin ! J'ai un mariage ce soir, j'ai pas envie de passer pour un con. D'ailleurs Michel, tu ne sais pas où je pourrais trouver un sous-bois pas loin ?

— Euh, tu sais, un sous-bois à La Défense, là je sais pas trop.

— Ou une cave ? Un truc humide avec des arômes tertiaires, quoi !

— Des arômes quoi ?

— Des arômes tertiaires ! S'ils nous servent du pinot noir, je suis foutu, j'ai rien révisé !

— Non, par contre si tu veux, j'ai accroché un sapin à mon rétroviseur, odeur « clous de girofle ».

— Clous de girofle ? C'est épicé, ça ! Parfait, c'est les arômes de la syrah, ça ! Hahaha je vais leur en mettre plein la vue à ces cons ! Merci, Michel !

Table des enfants, 21 heures.

— Tout va bien, les enfants ?

— Oui ! répondent-ils en chœur, gaiement.

— Toi aussi, Sébastien, tu t'amuses bien ?

— Oui, mais moi, eh ben, eh ben, j'ai pété !

Table des adultes, 21 h 15.

— Tu grattes un peu, toi ? Non ? Oui, moi je gratte un peu, oui. En ce moment, je joue la musique de la pub Carglass à l'oreille. On ne dirait pas, mais à la gratte électrique, ça envoie du lourd.

Table des adultes, 22 heures.

— T'investis dans la pierre, toi ?

— Oui, j'investis dans la pierre. Et toi, t'investis dans la pierre ?

— Oui, j'investis dans la pierre, il faut investir dans la pierre.

— Et toi, t'investis pas dans la pierre ? Attends, il faut investir dans la pierre ! À ton âge, avec Christine, on avait investi dans la pierre, attends c'est super important d'investir dans la pierre. T'investis pas dans la pierre ? Non mais attends, t'es con, faut investir dans la pierre. Christine ! Il investit pas dans la pierre !

— T'investis pas dans la pierre ? Attends, il faut investir dans la pierre ! À ton âge, avec Jean-Marc, on avait investi dans la pierre, attends c'est super important d'investir dans la pierre. T'investis pas dans la pierre ? Non mais attends, t'es con, faut investir dans la pierre !

— Hé, la pierre... C'est du solide ! Haha !

— Oh ! Jean-Marc ! Tu nous les feras toutes !

Table des adultes, 22 h 30. Raphaël, qui porte le même costume que tous les lundis matin pour la réunion commerciale hebdomadaire, fait tourner son verre de Saint-Joseph de manière infinie :

— Alors nous, on est 4 connards, on a monté notre boîte de connards. On aide nos clients à investir dans de la merde. Oui, c'est ça, on fait fructifier leur merde. Comme ça, ils peuvent s'acheter plein de trucs de merde et partir en voyage dans un pays de merde avec leur bonne femme qu'ils vont larguer deux ans plus tard pour se barrer avec la stagiaire. Ça cartonne. Hé, mais passe au cabinet ! Mais oui, passe au cab !

Table des adultes, 23 h 05.

— Tu grattes un peu, toi ? Non ? Oui, moi je gratte un peu, oui. Francis Cabrel, Francis Lalanne, Francis Huster... Tous les Francis en général.

Table des enfants, 23 h 10

— Moi, eh ben, une fois, j'ai fait tomber une assiette.

— Ah bon, Sébastien ? Et après ? Ta maman t'a grondé ?

— Eh ben après, eh ben, j'ai pété !

Table des adultes, 00 h 40. Jean-Luc interpelle la mariée :

— Superbe ta robe, Odile. C'est une Max Chaoul ?

— Non, c'est une Tatie.

— Tatie ? Mais ils ont pas déposé le bilan en 2017, ceux-là ?

— Si, mais c'est une robe d'occasion.

— Tatie, d'occasion... Eh ben, « mot compte double », Odile. Non mais sur toi, c'est super.

— C'est surtout écoresponsable !

— Alors tu vois, autant je vois bien le côté éco, autant j'ai du mal à voir le côté responsable.

Légèrement alcoolisé, je regarde avec nostalgie les enfants qui courent entre les adultes. Voilà les seuls souvenirs des mariages auxquels j'ai assisté lorsque j'étais enfant : déambuler au beau milieu d'une forêt de jambes, inventer une cachette dans le vestiaire, goûter une fin de verre de vin rouge. Comment nous, les adultes, sommes-nous censés expliquer aux enfants ce qu'est le mariage ? Ils ont un temps de concentration de onze secondes, tandis que cela fait onze ans que j'essaye de comprendre le concept : ses enjeux, ses problématiques, ses tenants, ses aboutissants. J'ai fait une matrice SWOT, une pyramide de Maslow, un diagramme de Gantt, et je n'ai encore pas tout compris. Et je serais censé livrer une version « à emporter », comme une pizza Regina toute prête, à mes enfants ? Le mariage, c'est « ça ! ». Luigi, ça part pour la 8 !

J'en suis incapable. Ce matin, je me suis essayé à l'exercice avec un autre grand thème de la vie : le racisme. Pourquoi ? Aucune idée.
« Tu sais ma chérie, le racisme, c'est quand certaines personnes n'aiment pas d'autres personnes parce qu'elles n'aiment pas la couleur de leur peau. » Luigi, ça part pour la 6 ! Contre toute attente, sa réaction a été vraiment adorable.

— C'est bizarre, ça... Moi, dans ma classe de CP, il y a une petite fille qui a la peau noire. Et elle ne m'a jamais dit qu'elle ne voulait pas être ma copine parce que j'ai la peau blanche... me confie-t-elle, l'air bouleversé.

— Oh ! ma chérie... Mais c'est pas dans ce sens-là, le racisme ! Mais qu'est-ce que tu comprends pas ? Mais qu'est-ce que t'as dans le crâne, ma pauvre ? C'est pas possible ! Tu crois que le monde n'est pas assez compliqué pour que tu nous livres ta version des choses ? T'es quoi, t'es sociologue ? Hein ? T'es sociologue ? Je sais même pas pourquoi je t'en parle, ça te regarde même pas, ces affaires ! Tu crains rien, toi ! Maintenant, assieds-toi, on va parler des vrais sujets. Alors, la misogynie...

Mai 2019

Elle est belle, cette bague. Cette bague tant redoutée. Je l'ai choisie comme j'ai choisi ma future. Elle est belle, elle est originale. Elle est éclatante. L'espace d'une seconde, une nouvelle question qui ne m'avait jusqu'alors jamais traversé l'esprit jaillit : va-t-elle dire oui ? Et surtout, comment est-ce possible qu'en l'espace de dix années de questions existentielles, je sois passé par toutes les étapes, sauf celle qui apparaît comme la plus importante de toutes : va-t-elle dire oui ? Serais-je si sûr de moi que je ne me la posais pas ? Ou serais-je tellement présomptueux qu'il ne me traversait pas l'esprit qu'elle puisse refuser ?

Après tout, peut-être qu'elle ne veut pas se marier avec moi : je ne sais pas bricoler. Or, une femme se marie pour se sentir rassurée dans sa vie de couple et de famille. Et par nature, un mari qui sait bricoler est rassurant : il saura gérer tous les imprévus matériels qui impacteront la vie de la maison. Nettoyer la noue du toit pleine de boue, changer le chauffe-eau cassé, remplacer la gouttière défaillante, poser soi-même un nouveau Velux. Réparer le disjoncteur ! Personnellement, je sais qu'un disjoncteur existe, c'est bien là ma seule compétence sur le sujet. Comme le grand prix de F1 qui tourne sur le téléviseur du père de famille lors des repas le dimanche de 12 heures à 18 heures : je sais qu'il est là en fond. De temps en temps, j'entends un cousin interroger : « Il a mis les gommes dures ou les gommes molles ? », comme j'entends un voisin questionner « il est branché en courant fort ou en courant faible ? » Cela dit, je pense avoir percé un des secrets des mariages longue durée, à force d'observation. Je déclare aujourd'hui que les hommes n'aiment pas bricoler ; ils aiment qu'on leur foute la paix. Comme je n'ai pas cette compétence, j'erre dans le salon au milieu de la vie de famille le samedi.

— Tu fais quoi, là ? Tu lis le journal ? me lance ma future, un panier de linge à la main, mon non-verbal hurlant intérieurement « Alerte, alerte, ce n'est pas une simple question, alerte, alerte ! »

— Euh...

— Et les enfants, ils mangent quoi ce soir ?

La vie de couple et de mariage me révèle un secret : un homme doit être productif. En cela, le bricoleur a beaucoup de chance. Pour nous, les non-doués du tournevis, les malhabiles du joint de salle de bains, les orphelins de la vis Molly, c'est une autre histoire. Et si vous avez le malheur de traîner un peu trop longtemps en tongs en lisant *L'Équipe*, le carton rouge ne tardera pas à sortir. Je comprends soudainement la question que j'ai le plus entendue de ma vie dans la bouche de ma mère : « Mais il est où, Bernard ? Il est jamais là quand il faut ! Bernard ? Bernard ? Bernard ? Mais il est où ? » Eh oui, Bernard est en train de passer le Kärcher sur le toit. Tranquille, seul, et productif. Tiercé gagnant.

Juin 2019

Il faut que je trouve un lieu à l'image de ma future, et aussi à la hauteur de la question que je vais lui poser. Elle m'a appris avec le temps qu'il ne fallait pas chercher tout le temps la singularité. Pendant longtemps, j'ai imaginé que pour la rendre heureuse, il fallait être innovant à chaque instant. Mais sur le long terme, trop d'instants se dressent sur notre chemin de couple : l'anniversaire de notre rencontre, son anniversaire, Noël, la Saint-Valentin. Être singulier à chaque fois relève d'une performance dont la probabilité de viser à côté est élevée. Ainsi, un bouquet de roses rouges à la Saint-Valentin se révèle être une bonne idée. Alors c'est décidé, nous irons au lac de Côme, comme

George Clooney. D'ailleurs, il fait peut-être lui aussi partie du club Cofinoga.

Juillet 2019 – Côme

Lac de Côme, donc. C'est du déjà-vu certes, mais du déjà-vu de qualité. Du déjà-vu qui régale les papilles. Un plat de pâtes au pesto. Personne au monde n'a jamais été déçu avec les pâtes au pesto. Je suis sûr que l'INSEE a des statistiques sur le sujet. Cependant, attention : avec les femmes, il faut toujours rechercher la singularité. Surtout, ne jamais se contenter d'un bouquet de roses rouges à la Saint-Valentin. Rendre chaque moment unique et prendre des risques : voilà le secret.

Oui, j'ai appris que quand nous pensons savoir quelque chose sur les femmes, il est urgent de faire l'inverse.

La musique tient un rôle essentiel dans notre vie amoureuse. Elle tient d'ailleurs une place importante dans nos vies à tous. Elle nous fait rêver, danser, méditer, hurler. Elle nous permet à tous de vivre des émotions communes et c'est ce qui nous rend humains à la fin de la journée. Pas le nombre de contrats signés, mais bien ce sourire échangé avec autrui, ce pétard au bout humide échangé avec un inconnu à un festival de ska. Pas le meilleur exemple, j'en conviens. Bref, afin de rendre ce moment singulier, je prépare une playlist avec les morceaux les plus significatifs de notre histoire, dans l'ordre chronologique. Entre nos années hip-hop US et notre période « chansons intenses », je cale le générique de *Trotro*, clin d'œil à la naissance de nos filles.

Alerte cliché film français : « au réveil, le lac brumeux laisse entrevoir un ciel rosé dont la teinte se reflète sur les dernières neiges des sommets italiens. » Le Dieu des Demandes en Mariage (DDM) est avec nous. Il nous assure une matinée à la rosée fraîche et au soleil doux avant que le Dieu de la Pluie Battante Dans Ta Tronche (DPBDTT) ne prenne le relais. Ne pas louper le créneau ; il faut trouver un bateau. Je tape « George Clooney bateau lac de Côme » dans Google. Il est en photo partout avec Barack Obama sur son bateau à Côme. Confirmation qu'il n'est pas au club Cofinoga.

Le lac est désert, sans une vague pour perturber le dessein de notre engagement. Les montagnes trônent, enneigées, à la fois actrices principales et spectatrices muettes de la pièce à venir. Le moment est idéal pour démarrer la bande-son. Autour de ce moment unique, les souvenirs sont convoqués au gré des notes de musique. Sur *Seasons* de Masta Ace, écoutée à Lisbonne avant notre relation, tu découvrais que notre cœur vibrait en symbiose sur cette boucle de violons mélancoliques. *La Source* de 1995 nous ramène aux Eurockéennes dans une foule trempée et survoltée sous une pluie battante à danser alcoolisés, pataugeant dans une boue rouge visqueuse. Le *Theme* du film *Eternal Sunshine of the Spotless Mind* nous rappelle cet air émouvant que nous faisions écouter à ton ventre de femme enceinte pendant les 9 mois de ta première grossesse. *Le Premier Jour du reste de ta vie* d'Étienne Daho a accompagné notre trajet au petit matin à la maternité, les yeux embués par la nuit cotonneuse et le poids du silence de nos paroles non prononcées à l'aube de la naissance de notre deuxième fille. Enfin, sur cette dernière musique, *10 ans de nous,* de Ben Mazué, tu ne le sais pas encore, mais je vais te demander si tu veux bien devenir ma femme. 3 minutes 30 secondes pour respirer une dernière fois et me jeter à l'eau. Les souvenirs volent, dansent, tourbillonnent le long des villages aux maisons italiennes ocre, rouges et orange. Tu te rappelles l'époque où je nous imaginais sceller un pacte pour 25 ans indexé sur notre crédit immobilier ? J'évoquais un avenir qui est désormais devenu notre histoire au fil des années. Nous avons même fait mieux en rendant chaque souvenir unique. Oui, j'ai posé ma main sur ton ventre de femme enceinte, et comme je n'avais pas d'inspiration pour susurrer de tendres mots à notre futur enfant, je lui ai lu la première recette Marmiton qui m'est tombée sous la main : rôti de porc à la moutarde. Oui, nous avons bu ce pinot noir en dessinant les plans de notre appartement, et nous l'avons partagé avec Jean-Luc, le propriétaire de cette cave à vins romantique au sein de laquelle nous avons pris toutes les décisions les plus fortes de notre jeune vie d'adultes en enchaînant les parties d'échecs. Oui, nous sommes partis à 5 heures du matin en vacances en écoutant Jean-Jacques Goldman, mais en avion à l'assaut des criques perdues des Cyclades, à boire de l'ouzo devant le coucher du soleil. Tous les soirs, notre dose de verveine quotidienne vient accompagner notre passion pour le cinéma indépendant américain. Dans mon scénario de jeune homme immature, j'imaginais que ce serait tout. Et désormais, avec toi, je vois un autre futur dans lequel nous aurons vieilli ensemble. Je nous vois partir en vacances, toujours, mais un lundi en janvier à 10 h 15 en direction des eaux thermales d'Évian, pour soulager ton arthrose. Je me vois te tenir la main dans les moments durs, dans les moments où tu ne seras plus jamais seule avec ta douleur, ton chagrin ou ta tristesse. Ta douleur sera la mienne, ta maladie aussi, et dans ces moments de vieillesse, nous nous imaginerons ensemble dans le monde d'après. Pour la vie et pour après la vie, peu importe où nous serons. Tu m'as appris à mesurer la chance d'avoir découvert « la femme de ma vie », celle qui m'a appris à aimer la routine et l'échec. La routine, parce qu'elle signifie vivre de petits moments sans importance qui se répètent sans enjeu. Et que vivre ces moments avec toi signifie de tendres moments dont je ne me lasse pas. L'échec, parce qu'à tes côtés, il reste supportable et m'encourage à prendre des risques tout en sachant que je te retrouverai toujours avec un sourire et un geste bienveillant à mon égard.

Signe que nous sommes faits l'un pour l'autre, tu m'as même appris à aimer la région Bourgogne-Franche-Comté. Avouons que ce n'était pas gagné d'avance. « Une terre à oignons », clame ton oncle, fièrement. Le premier jour de notre relation, je m'étais demandé pourquoi l'amour ne m'avait pas fait rencontrer une Andalouse, avec des week-ends à Cordoue à la clé, plutôt qu'à Montbéliard. Une terre à tapas, plutôt qu'à oignons. Mais rapidement, j'ai compris que ta famille deviendrait la mienne. Le déclic a eu lieu dans la ferme de tes grands-parents, un jour de temps pluvieux. Signe du temps qui passe, cette ferme qui n'a jamais connu d'automobile pour moyen de déplacement, ni de vacances au ski ou à la mer pour loisir. Puis, un passage à l'improviste à 16 heures, nous retrouvant aussitôt autour d'une table sommaire, autour de l'âtre, à côté de l'étable, à boire du vin rouge glacé dans un verre de cantine, à manger du saucisson et des tartines de confiture. À mi-chemin entre l'apéritif et le petit déjeuner, ton grand-père nous raconte comment il a échappé aux Allemands dans ce petit village rempli d'histoires de guerres, proche de la frontière. À la mort de ton grand-père, et le jour du placement de ta grand-mère en maison de retraite, c'est une partie de moi, en toi, qui disparaît. Mais cette vie continue, encore et encore. Un souvenir apparaît aussitôt. Nous sommes début décembre, je rentre du travail et il fait nuit. En arrivant près de la maison, seules les lumières du salon éclairent notre impasse sombre. En m'approchant délicatement, je vous observe toutes les trois. Sur la table, des sablés en forme d'étoiles sont encore fumants. Leur odeur vient s'ajouter à la cannelle, au miel, aux pommes et aux châtaignes qui trônent sur le plan de travail. Vous dansez et riez sur une musique de Noël de Sinatra, à côté du sapin que nous avons décoré la veille. La plus petite a une frimousse pleine de chocolat, jusqu'au nez, et je l'entends : soit elle rit fort, soit elle pleure fort ; elle ne connaît pas l'entre-deux. Ses yeux noisette sont sans cesse en mouvement, tantôt espiègles tantôt déterminés, parfois dans la même seconde. De son côté, la plus grande présente un port de tête gracieux et de grands yeux bleus perdus dans le vide surmontés d'une frange blonde. Ne lui parlez pas : elle ne vous répondra pas. Elle compte le nombre de reflets de la lumière du salon dans la fenêtre. Il y en a vingt-deux. J'aimerais voler ce souvenir et le mettre dans une boule à neige, de sorte à l'avoir dans ma poche tout au long de ma vie. Je pourrais le sortir lors d'une réunion de travail à fort enjeu, avant de prendre la parole, le secouer, attendre de voir la fausse neige se redéposer sur le souvenir, puis le ranger dans ma poche pour une prochaine fois.

Tandis que je m'apprête à formuler la phrase la plus décisive de toute ma vie, je repense à ces paroles de Jésus entendues à l'église lors du mariage d'Églantine : « Ainsi, celui qui entend mes paroles et les met en pratique est comparable à un homme prévoyant qui a construit sa maison sur le roc. La pluie est tombée, les torrents ont dévalé, les vents ont soufflé et se sont abattus sur cette maison ; la maison ne s'est pas écroulée, car elle était fondée sur le roc. Et celui qui entend de moi ces paroles sans les mettre en pratique est comparable à un homme insensé qui a construit sa maison sur le sable ».

Je me demande si mes dix années de réflexion m'ont permis de construire sur le roc. Je me demande aussi si Églantine a compris ce qu'elle lisait ou si elle a lu aussi par tradition ce texte-là. Mais j'ai du retard sur le timing, la chanson prévue va se terminer. C'est le moment. Je décide de me lancer.

En même temps que le générique de *Trotro*.

30 minutes plus tard

J'ai réussi à me rattraper à la dernière seconde pour ne pas marquer à vie ma demande en mariage par ce con d'âne. « Trop trop rigolo », mais pas maintenant, les mecs ! Bon, il m'a fallu 30 minutes pour recréer l'ambiance « demande en mariage ».

5 minutes plus tard

Bon, on en était où ? Ah oui, le souvenir qui tourbillonne, Jésus, Églantine, Étienne Daho. Allez, on y va.

7 minutes plus tard

En guise de réponse, elle m'offre des larmes de joie et une étreinte profonde. Sa réaction m'émeut, j'en tremble. Je l'admire d'avoir attendu pendant toutes ses années que mon immaturité de jeune homme blanc autocentré qui n'a aucun vrai problème dans sa vie s'estompe peu à peu. Au creux de cet instant onirique, je me demande : « et elle, qu'a-t-elle pensé durant toutes ces années ? »

12 ans plus tôt

Vue de la future

Juin 2008

J'ai bien compris que la vie sera dure, je ne suis pas naïve. Autant la traverser à deux. Forts, solides. Le mariage, c'est l'assurance d'être en sécurité. Élever ses enfants au sein de valeurs communes et leur donner les meilleures armes pour se projeter au sein d'un monde beau mais injuste, poétique mais violent, bercé d'amour et de haine. C'est ce que mes parents ont réussi à faire et j'ai comme ambition d'offrir le même cadre de vie à mon couple et ce qui en découlera.

Juillet 2008

Aujourd'hui, j'ai vu à quoi ressemblait le néant. J'ai littéralement touché du doigt ce concept imagé et impalpable.
Le moment était pourtant parfait. Le Vieux-Lyon, ses rues pavées, une table avec une nappe à carreaux rouges et blancs... J'ai peu à peu amené dans notre conversation des sujets qui se rapprochaient du mariage. Délicatement, j'ai commencé à lui parler de projets communs. Subtilement, j'ai abordé ma volonté d'engagement. Habilement, j'ai évoqué le futur, un futur fait de lui

et de moi. Je pensais qu'il voyait bien où cette discussion nous menait, et j'attendais qu'en tant que gentleman, il mette lui-même le mot mariage dans notre conversation.

Le néant.

Le mot n'arrivait pas. Comme il en faut toujours un ou une pour faire le premier pas, j'ai pris mes responsabilités et ai formulé à voix haute le mot « mariage ». Ce n'est pas un hasard si j'ai attendu nos deux ans de relation pour arriver à ce moment. Plus tôt, cela aurait paru précipité. Plus tard... Bref, il n'y a pas de plus tard.

Un saint-bernard qui regarde par la fenêtre de la voiture sur l'autoroute. Voilà à quoi ressemblait son regard, perdu dans l'immensité du vide. Il ne manquait plus que la langue pendue et la bave pour avoir le tableau complet.

Mai 2009

Aujourd'hui, nous fêtons nos trois ans. Il m'emmène en week-end à Londres. Je crois que ça y est, c'est le moment. Ça va arriver ! Je l'ai vu faire sa valise. Comme par hasard, il s'y serait pris au dernier moment ? Comme par hasard, il aurait fait sa valise en trois minutes sans prendre la peine de repasser ses tee-shirts ? Comme par hasard, il se serait arrêté au duty-free de l'aéroport à l'aller sans que je sache ce qu'il a acheté ?

Mai 2009

J'ai passé un super week-end avec un mec aux tee-shirts froissés. Heureusement qu'on avait un paquet de Toblerone géant.

Juin 2012

Il vient de m'envoyer une invitation Outlook pour 2042, je n'ai pas compris pourquoi.

Mai 2013

Aujourd'hui, nous fêtons nos sept ans. Il m'emmène en week-end à Budapest. Oui, je sais, ce n'est pas la destination rêvée pour demander sa femme en mariage. Oui, je sais, nous n'avons pas pris d'hôtel, car nous allons dormir chez des copains. Mais je le connais, c'est une technique pour me prendre à contre-pied. Il ne se contentera pas d'une demande classique, c'est sûr !

Octobre 2014

Notre fille vient de naître et notre vie de couple se voit liée pour toujours autour de cette petite boule de miel à l'odeur de pain grillé. Même si je ne changerais d'accouchement pour rien au monde, je dois reconnaître avoir beaucoup souffert. Comment une femme peut-elle traverser la maternité et les souffrances physiques et psychologiques associées, pendant que le plus gros problème du jeune homme semble se contenir dans la peur d'une photo de lui, nu sur un vidéoprojecteur ?

Janvier 2015

Hier soir, je l'ai convoqué pour un restaurant en amoureux. Le Vieux-Lyon, une table, deux plats du jour, s'il vous plaît. Pas délicatement, je lui ai demandé pourquoi il ne me demandait pas en mariage. Pas subtilement, je lui ai demandé en quoi c'était un engagement plus compliqué à prendre que de faire un enfant. Pas habilement, j'ai évoqué le futur, un futur fait de moi, mariée avec quelqu'un.
Du regard vide du saint-bernard à muet comme une carpe... Belle progression en six ans.

Mai 2016

Pour nos dix ans, je dois avouer avoir été surprise. Nous avions prévu Venise, destination évidemment hautement romantique. Touristique aussi, mais romantique. Comme j'ai été très déçue de moi-même à Budapest, d'avoir été aussi naïve, je n'ai rien espéré, malgré les balades en gondoles et le concert de musique classique vénitienne place Saint-Marc. Le dernier jour, au réveil, il est allé me chercher des fraises au marché pour la femme enceinte (encore) que je suis. C'est cliché, je sais. Mais cela fonctionne toujours, surtout qu'il m'a annoncé que nous ne rentrions pas à la maison. À l'aéroport, j'ai découvert que nous avions des billets pour Londres, où nous avons prolongé notre séjour de quatre merveilleux jours, à déambuler en amoureux à Chelsea et au théâtre.

Mais toujours pas de PUTAIN de demande en mariage.

Mai 2017

Ce soir, nous célébrons nos onze ans. À Venise, j'avais opté pour une technique simple : ne rien espérer et ne pas être déçue. Se protéger. Mais ce soir, j'ai beau essayer de ne rien espérer, le théâtre de notre dîner est exceptionnel : nous nous offrons un restaurant 3 étoiles chez Anne-Sophie Pic. Soyons claire, je n'ai pas un besoin fondamental de me marier, ce n'est pas une obsession, je vis très bien sans. Ce serait simplement une belle projection de nous imaginer en une famille unie par des liens plus forts qu'une photo de famille sur le frigo – notamment autour d'un même nom de famille pour ne pas avoir à décliner mon identité lorsque je vais chercher ma fille à l'école. Et ce soir, j'imagine des plats infiniment exquis, des serveurs à l'écoute d'à peu près tous nos sentiments dévoués cordialement veuillez agréer, et aussitôt l'image d'une bague dans une coupe de champagne survient. Je n'y peux rien, c'est comme ça. Dans une comédie romantique avec Sandra Bullock, son fiancé lui offre une bague dans un pain. J'avais trouvé cela totalement ringard, mais qui sait :

peut-être que cacher une bague dans un pain d'Anne-Sophie Pic n'est pas ringard ? Peut-être même que dans un restaurant 3 étoiles, le pain n'a plus le même nom ni la même forme, qu'il est à base d'azote liquide et qu'il se boit debout à cloche-pied ? J'ai hâte.

Mai 2017 + 1 jour

C'était bon.

Juin 2018

C'est drôle, ce côté renfermé lorsqu'il s'agit de mariage, alors que ce n'est pas sa personnalité. Je dois avouer que cela m'amuse (parfois), car je connais déjà la fin de l'histoire. Nous allons nous marier, cela ne fait aucun doute. J'ai juste un peu d'avance sur lui, voilà tout. Je le laisse prétendre se poser toutes les questions qui traversent sa petite existence. « Est-ce que je crois en Dieu ? », se demande-t-il, en regardant le ciel d'un air ténébreux (je précise ici l'utilisation ironique de ce terme, car les hommes ne sont plus ténébreux depuis longtemps ; ils l'ont été, certainement, lorsqu'ils étaient à cheval et pillaient des villages ; mais depuis l'invention du casque de vélo urbain et de Mon Petit Gazon, ils ne jouissent plus de ce privilège). D'autant plus que je l'ai, la réponse à sa question. Bien sûr qu'il croit en Dieu, encore un sujet sur lequel j'ai une longueur d'avance. Depuis ses 12 ans, sa relation à Dieu est passée par plusieurs émotions : il a tour à tour été en colère, puis sceptique, puis indifférent pendant de nombreuses années, puis en colère à nouveau. Il semble conscient qu'il existe plus que ce que l'on peut simplement toucher ou voir. L'amour semble être un bon exemple. Un jour, il assumera sa foi et ressentira une paix intérieure qui l'apaisera.

1 an plus tôt que le présent

Lac gelé, montagnes enneigées,
chèque envoyé

1er juin 2019

Comme un symbole, la préparation de ce mariage démarre par un moment du quotidien : pousser la porte d'un bar.

L'air est chargé. La sueur des poivrots et la fumée de cigare s'accrochent aux lourds rideaux rouges. J'avance les yeux fermés, guidé par l'entrechoquement des glaçons et des boules de billards. Les quelques dollars gagnés péniblement dans la journée vont vite s'évaporer.
Pas envie de rentrer. Pas envie de parler. Pas envie d'écouter, de justifier, de prévoir. Je n'ai là qu'une seule ambition. Et ce n'est pas celle d'inventer une nouvelle formule mathématique, de voter une loi, ni même de découvrir une nouvelle étoile. Mon seul dessein tient en un seul geste : celui de poser mon coude sur ce bar. Cette planche de bois rassurante. Collante, puante, mais rassurante. Mon coude, le bar.

Sans dire un mot, sans même émettre un son, le serveur est mon cavalier, son cocktail est notre danse. Ce sera, comme d'habitude, un amaretto avec sa cerise griotte. La mélodie est exquise et lyrique, digne des plus grands opéras de Vincenzo Bellini. Viril au nez. Puissant en bouche. Cuir, sauvage. Vêtue d'une robe brune et élégante, ma future descend un interminable escalier de marbre blanc. Au creux de son cou, je retrouve une note de pruneau, très présente et très complexe. Je goûte sa peau, qui me rappelle la fève de cacao, intense et ronde. Le moment nous appartient. Mon coude, le bar.

Pour le deuxième morceau, mon partenaire me sert un brandy écossais de 18 ans d'âge. Le verre ballon entre les doigts, je pense à la fermentation soignée du raisin. J'imagine ces dix-huit années écoulées à vieillir en fût de chêne : était-ce la peine à purger pour jouir de ce moment onirique, ce geste précis de mon coude sur ce bar ? À la première gorgée, tout s'éclaire. Le brouillard mystique de la campagne écossaise se lève sur ses lacs glacés. J'entends le rire gras des pêcheurs qui reviennent au large, les cirés jaunes sanguinolents, les traits tirés par la fatigue et la barbe hirsute. Bizarrement, ce n'est pas la cornemuse de la musique celtique qui me parvient. Je perçois plutôt un rythme entraînant de grosse caisse à contretemps. La trompette, le hautbois et la clarinette me confirment que je ne suis pas dans les Highlands, mais bien en 1935 dans la salle du bas de l'Apollo Theater de Harlem. New York. Le jazz. Benny Goodman, accompagné de son pianiste Teddy

Wilson. Ce soir, le brandy est de moindre qualité, prohibition oblige. Sur un solo du grand Benny, notre maire bienveillant Jimmy Walker autorise la contrebande. Nœud papillon serré, chemise cintrée, bretelles tendues : j'ai autant l'allure que la confiance d'Humphrey Bogart. « Une chambre pour la nuit, du foin pour mon cheval et une femme ». Les mots rocailleux de mon partenaire de bar ont pour unique partage un geste. Un coude, le bar.

Mon chauffeur me fait signe, il semblerait que notre Aston Martin soit prête. Je lui ouvre la porte, elle s'installe. Je la ramène dans mon loft dont la vue donne sur West 4th Street, ses prostituées et ses comedy clubs ringards. Mais qu'importe, l'instant est magique. Sa bouche contre la mienne, la scène est au ralenti. Une envie soudaine m'envahit... Et si nous nous servions un dernier brandy ?

Je crois que l'absinthe de l'écrivain me monte à la tête ! La réalité est tout autre : dans le centre de Lyon, nous sommes dans un bar à la mode ne servant que de la bière et des burgers, comme partout de nos jours. Mes copains sont venus en trottinette électrique, ils passent la moitié du temps à table le nez sur leur smartphone à regarder des photos d'inconnus sur Instagram et attention, pas plus de deux verres ! Préférerais-je vivre dans une fiction ?

Nous parlons du lieu du mariage idéal. Pour nous, ce serait en montagne en hiver. Mon ami me glisse : « une fois, j'ai fait un mariage dans un lieu incroyable au bord du lac de Montriond ! »

2 juin 2019

Lac gelé, montagnes enneigées ? Le chèque pour réserver la salle est envoyé, sans visite. Je fais part de mon enthousiasme par mail à ma mère, qui me rétorque d'un sec : « OK, mais tu as déjà réservé la mairie et l'église ? » Non mère, je ne l'ai pas fait, mais je vais le faire, pourquoi rabrouer mon enthousiasme ? Pourquoi tu rabroues toujours mon enthousiasme ? Comme lorsque je t'ai raconté mon coup de cœur pour cet appartement aux pierres apparentes et que tu n'as eu que de mots dénigrants à l'égard de son premier étage plein nord, du passage de voitures toute la journée, du repaire de drogués et des préservatifs usagés de la cage d'escalier. Des pierres apparentes, je te dis ! Tu sais comme c'est classe, des pierres apparentes ?

3 juin 2019

Réponse de la mairie : « on ne peut pas vous marier ce week-end-là, c'est le week-end des élections municipales. »
Réponse de l'église : « on ne peut pas vous marier ce week-end-là, c'est le week-end du carême. »

Brutalement, je comprends, à 33 ans, à quoi sert une maman. Dans les films, il y a toujours une scène dans laquelle un adulte dit à un enfant : « Un jour, tu comprendras. » Ce jour est arrivé pour moi. Je prends conscience de tout : les gâteaux secs sans goût pour que je ne mange pas trop sucré, les épinards frais de la ferme au goût amer pour m'apporter assez de fer, les carafes d'eau ambiante à la place des Coca bien frais pour que je sois en bonne santé, les nectarines tombées de l'arbre à la place de bonbons acidulés. Elle m'a évité les cheveux peroxydés au look désastreux, la fac de lettres aux débouchés inexistants. Merci, maman.

25 juillet 2019

Ma future joue dans une pièce de théâtre digne des plus grandes tragédies grecques. Devant tant d'émotions, madame la maire décide de nous accorder un mariage en petit comité.
J'aime ma future.

26 juillet 2019

Visiblement, le curé n'aime pas les tragédies grecques.

27 juillet 2019

Le curé nous annonce que la seule personne capable de décider de nous marier pendant le carême est l'évêque d'Annecy. J'essaye de comprendre comment est organisée l'Église catholique. Je vais relire *Da Vinci Code*.

28 juillet 2019

L'évêque est en congé. Je me demande à combien de jours de congé annuel a droit un évêque. A-t-il des RTT ?

29 juillet 2019

Le curé de Morzine nous dit qu'il s'occupe de tout : lorsque l'évêque revient de vacances, il l'appelle à la première heure pour s'occuper de notre cas.

16 août 2019

Je sais que l'évêque est rentré de vacances. Je relance le curé, qui m'explique qu'il a eu l'évêque au téléphone et que celui-ci refuse de nous marier pendant le carême.

17 août 2019

J'appelle l'évêque en direct. Il me dit qu'il n'est au courant de rien et qu'il n'a jamais eu le curé de Morzine. Je lance le hashtag #PèreMytho sur Twitter, mais le buzz ne prend pas.

1er septembre 2019

Ma future trouve un pasteur à Thonon qui accepte de nous marier. Nous comprenons l'organisation des protestants. Il n'y a pas d'organisation chez les protestants.
Cela colle bien avec notre organisation.

Bromance

Septembre 2019

Il est temps de demander à Rodrigue s'il souhaite jouer un rôle important à mes côtés durant cette cérémonie, à savoir, évidemment, le rôle de témoin. C'est vrai qu'à première vue, il ne se ressemble pas au candidat idéal pour « témoigner » d'un amour unique, d'un engagement d'une vie. Disons-le d'entrée, ce profil parfait, qui réserverait en secret une chorale de gospel venue fraîchement de Harlem nous délivrer un concert surprise éclairé de 1 001 bougies dans une cathédrale, n'est pas Rodrigue. Nous n'en parlons jamais, mais je sais qu'il a été abandonné à la naissance, ce qui doit avoir une incidence non négligeable sur ses relations éphémères avec les femmes. Et le terme « éphémère » est le terme le plus délicat que je puisse trouver pour désigner les tonnes de photos WhatsApp envoyées sur notre groupe d'amis. Toutes ces jeunes demoiselles ont-elles aussi été abandonnées à la naissance ?
Cela dit, il serait injuste de réduire sa personnalité à quelques orphelines perdues réconfortées. Il en

est de même pour notre relation : il serait malvenu de la définir uniquement à travers ce groupe WhatsApp dans lequel je ne suis qu'une pauvre victime innocente, obligée de subir la notification d'une paire de fesses en réunion commerciale le lundi matin. D'un autre point de vue, nous pourrions argumenter qu'il s'agit là d'une source d'informations, au même titre qu'une application du type *Le Monde* : saviez-vous que certaines coques d'IPhone permettaient de ventouser votre téléphone au-dessus du lit ?

Alors pourquoi lui ? Parce que nous avons grandi ensemble depuis le collège et que malgré nos différences, je sais que nous vieillirons ensemble. Nous avons déjà prévu la fin de l'histoire : nous serons assis sur ce banc, au sein de notre village d'enfance, sur lequel nous resterons des heures, avec nos bérets, à nous raconter l'histoire de nos vies. Ce banc était déjà occupé par son grand-père, qui nous regardait jouer au tennis silencieusement, dans un sourire délicat. Nous serons assez vieux pour avoir bien vécu, et pour avoir été témoins de la vie de chacun de nous deux. Alors oui, peut-être ne serons-nous pas toujours le meilleur conseiller pour l'autre, peut-être n'aurons-nous pas toujours le bon mot, au bon moment. Mais nous aurons été là, présent, à chaque étape. N'est-ce pas là la signification même du mot « témoin » ?

Être témoin est un rôle luxueux, pourrait-on avancer. Par opposition, un père ne pourrait pas se contenter d'être témoin de l'éducation et de la vie de ses enfants. Il lui incombe de jouer un vrai rôle au sein de la famille, au-delà d'être juste présent. Un enfant recherche en permanence le regard, l'approbation, l'avis de son père. S'il ne le trouve pas, cela créera automatiquement un vide affectif qu'il cherchera à combler à travers une frustration. Certaines relations d'amour nécessitent plus d'implication que d'autres. Le témoin, lui, peut se payer le luxe de se contenter d'être simplement présent.

Quelle drôlerie que ce concept « d'amitié ». Que signifie-t-il réellement ? Lorsque vous vous liez avec une personne pour la vie, que cette personne devient un témoin privilégié de votre évolution, de votre maturité, que vous faites des efforts pour lui apporter de la considération et du bonheur, que vous partez en vacances ensemble : pourquoi ne pas appeler cela de l'amour ? Est-ce un terme inventé par les hommes par pudeur ? Parce qu'« on ne s'aime pas entre hommes » ? Organisons un colloque ! Parlons-en ! Je serais prêt à militer pour assumer que l'amitié n'est en fait qu'une relation d'amour, puisque celui-ci existe sous tellement de formes différentes ! Une relation d'amour teintée de pudeur, surtout entre hommes. Pour preuve, ce nouveau terme à la mode de « bromance », contraction des termes « brother » (frère) et romance.

Cette pudeur est omniprésente entre Rodrigue et moi. Nous avons beau passer des soirées ensemble, à refaire le monde autour de pintes de Duvel, nous n'abordons jamais les vrais sujets. Les sujets profonds, qui font mal. Comment as-tu vécu ta jeunesse sans connaître tes parents ? Penses-tu que je sois capable d'apporter assez d'amour à ma future pour la rendre heureuse toute sa vie ? Comment fais-tu pour accrocher ton IPhone au plafond ?

Ce soir, je le demande en témoin. Encore une preuve que l'amour et l'amitié ne sont pas si éloignés. Pour cette occasion, je le mets d'abord à l'épreuve : il gardera et couchera mes deux filles en attendant que je rentre à 21 heures du travail. S'il doit être témoin, il peut au moins remplir son rôle de parrain ! Dans la voiture, en approchant de sa maison, je me demande ce que je vais trouver : des petits anges au lit, endormis, ou deux diablotins sur le canapé, excités ? À ma grande surprise, le salon semble calme. Seul le silence règne. Je trouve Rodrigue en train de couper des oignons, une cuillère entre les dents.

— ière ? marmonne-t-il.

— Pardon ?

— Bière ? dit-il en enlevant la cuillère.

Apparemment, celle-ci lui permet de ne pas pleurer lors de la coupe des oignons. Rodrigue a toujours des astuces. Il pourrait aisément publier un magazine T*rucs et astuces, Do it Yourself !*, numéro spécial sur les fosses septiques, pensez à la sciure de bois !

— Non merci, pas de bière pour moi. Je suis un peu brassé.

— Whisky, alors ?

— Pourquoi pas, mais sache que je suis extrêmement exigeant en la matière. Je prends exclusivement du whisky écossais. Une terre de whisky traditionnelle et légendaire.

— Je pense que je n'ai que du japonais.

— Je prends aussi.

— Ah ! sinon, je dois avoir un bon whisky fumé !

— Je n'ai jamais compris ce que c'était, le whisky fumé.

— Le fumé, c'est quand... C'est surtout s'il est... Enfin, ça dépend de la... Sinon, j'ai du normal.

— Allez, OK pour du normal. Mais uniquement écossais.

— Il doit toujours être japonais.

— Ça me va.

Tandis que Rodrigue jette ses pelures d'oignons, je l'intercepte sur sa route vers son placard à whisky japonais.

— Mais comment tu as fait pour les endormir ? dis-je pour recentrer le débat. Je pensais qu'elles seraient excitées, comme c'est un peu la fête quand tu les gardes...

— Écoute, c'est simple, me répond-il avec une facilité presque pédante. Je leur ai simplement lu quelques histoires, et hop ! Elles n'ont pas demandé leur reste !

Je reste perplexe devant cet aplomb. Ce n'est clairement pas une maison pensée pour des enfants, en témoigne ce vieux téléphone collé au plafond de la chambre. Rodrigue n'a pas de bibliothèque, et s'il en avait une, celle-ci ne compterait pas parmi ses titres *L'Âne Trotro fête son anniversaire*. Délicatement, je le relance :

— Mais dis-moi... tu n'as pas de livre d'enfants. Quel livre tu leur as lu ?

— Ah ! non mais moi, je n'aime pas les histoires des bouquins, j'invente mes propres histoires.
Il semble sûr de lui. Bien plus que moi, qui suis père, et lui, simple parrain ! De quel droit ?

— Ah ouais ? Plutôt cool... Par exemple ?

— Eh bien, par exemple, je leur ai raconté l'histoire d'un petit dentifrice et de ses parents dentifrices.

— Sérieux ? réponds-je, surpris et admiratif. Pas mal... Donc, c'est possible que ce ne soit pas toujours des animaux ?

— Non, j'aime bien personnifier un peu tout. Ça sort de la routine habituelle.

— Eh bien, mon Rodrigue, je ne te savais pas aussi créatif ! Et donc, il lui arrive quoi au petit dentifrice ?

— En fait, le délire, c'est que le petit dentifrice, son problème... c'est qu'il pue de la gueule ! déclare-t-il dans un rire franc.

— Pas mal ! Et après ?

— Ben, il pue tellement de la gueule que ses parents l'abandonnent, conclut-il, sèchement.

— Ah... d'accord, balbutié-je, un brin gêné.

— Ou alors, y a l'histoire d'un bébé arc-en-ciel, relance-t-il avec entrain.

— Ah oui ?

— Dès la naissance, il vient au monde sans couleurs ! En noir et blanc. Du coup, ses parents l'abandonnent.

— Ah... d'accord...

Mon enthousiasme est reparti aussi vite qu'il était apparu. Un nuage de malaise flotte désormais entre nous.

— Ou sinon, j'aime bien celle du petit hérisson !

Je comprends où il veut en venir.

— Oui ?

— Au lieu d'avoir des pics... il a des trompettes ! Du coup, ses parents...

— Ouais, j'ai compris, le coupé-je.

— ... Ils l'invitent à leur mariage !

— Ah, sympa, ça !

La soirée est sauvée. Même si je ne pensais jamais prononcer cette phrase de ma vie : merci petit hérisson aux trompettes sur le dos.

— Bah ouais, c'est lui qui fait la musique ! Tout le monde s'éclate. Les parents dansent, les grands-parents dansent. Même le vieux tonton raciste, pro-Trump et conspirationniste se laisse aller sur l'air du vieux jazz de la Nouvelle-Orléans !

— Oui, c'est cool. Tu as évoqué l'oncle conspirationniste avec les filles ?

— De morceau en morceau, tout le monde se lève et ça part en ambiance « prohibition », costards cintrés, bretelles, swing...

— Oui, c'est cool. Tu as parlé de Trump aux filles ?

— Et après, ses parents l'abandonnent.

La pudeur, encore elle, s'installe dans le salon telle une chape de plomb, prenant toute la place sur le canapé. Dans la même situation, j'enlacerais ma future, l'embrasserais dans le cou et lui dirais au creux de l'oreille : « Tu sais que moi, je ne t'abandonnerai jamais ? Tu sais que je t'aimerai toujours, et que toute ma vie restante, je me battrai pour t'apporter tout ce dont tu as besoin pour te rendre heureuse ? Tu sais que je serai un père présent, impliqué, acteur principal et moteur de notre famille ? »

Un silence qui me paraît interminable est rompu lorsqu'il me relance virilement :

— Whisky ?

— Avec plaisir, mais je prends exclusivement du whisky écossais.

— J'ai du français ! crie-t-il le nez dans son placard à alcool depuis l'autre côté du salon.

— Allez, va pour un whisky français.

— Tiens, j'ai aussi du coréen !

— Allez, va pour le whisky coréen.

— Ou j'ai de l'italien, sinon ?

— Italien ? Ah ! ça, non. Je ne vois pas ce qu'ils viennent faire dans l'histoire, ceux-là. Un café d'accord, de la barbe à papa, pourquoi pas, même si je ne suis pas sûr que ce soir italien. Mais du whisky, jamais. J'ai des principes.

— Il est super bon, l'italien !

— Bon, va pour de l'italien.

— Sinon, j'ai du tourbé. Tu préfères quoi ?

— Je peux te demander quelque chose que je n'ai jamais osé te demander auparavant ?

— Oui ? marmonne-t-il, le souffle court, certainement dans la peur de devoir creuser dans son for intérieur et livrer des réponses à des questions qu'il n'avait jamais osé se poser lui-même, par peur de ce qu'il pourrait y trouver.

— C'est quoi du whisky tourbé ?

— C'est... hésite-t-il, c'est quand... Tu prends le... avec la... Par rapport au fumé, c'est quand tu... Sinon, j'ai du normal !

— Allez, un normal. Mais écossais, par contre.

— Il est toujours italien.

— Va pour un italien, conclus-je.

Lorsque le moment devient trop chargé en émotions au sein d'une bromance, une mesure de sécurité automatique se met en place. Un braquet qui bloque tout. Ce braquet s'appelle l'humour. Quelle magnifique invention : armure magique, brouillard d'esbroufe, appelez-le comme vous voulez. Tandis que Rodrigue disparaît à la recherche de verres à whisky italien, j'essaye de faire diversion.

— Dis-moi, mon Rodrigo – le surnom que je lui donne lorsque je suis mal à l'aise – tout à l'heure j'écoutais Eminem à la radio, tu sais que le mec vieillit pas ! Je me suis rappelé quand on écoutait ses vieux morceaux au début des années 2000 avec nos jeans trop larges et notre passion passagère pour le skate. On se serait teint les cheveux en blond, on aurait eu toute la panoplie.

À cette période, mon rêve de gosse, c'était encore de devenir rappeur américain, tu te rappelles ?

Rodrigue revient de la cuisine, deux verres à whisky écossais à la main :

— Eh bien, t'as bien foiré, parce qu'à première vue, t'es devenu ni rappeur ni américain !

— Parfois, j'aimerais revenir à ces périodes d'insouciance, répliqué-je en esquivant l'attaque. Si j'avais dit au jeune homme de cette époque que je deviendrais commercial, il m'aurait peut-être mis une beigne.

— Et à ton avis, pourquoi t'as pas persévéré dans ton rêve de rap américain ? me demande-t-il, version psychanalyste amateur. Enfin, je veux dire, en dehors du fait que tout ce que tu as produit jusqu'à présent est absolument mauvais ? Parfois, ce ne sont pas les plus talentueux qui percent tu sais, mais les plus obstinés ! Et toi, t'es plutôt du genre obstiné, pourtant.

Une seule petite réplique a suffi pour m'entendre dire que je suis mauvais et obstiné. Mais j'opte pour la stratégie de ménager mon ami qui, je le sens, est à fleur de peau.

— Disons que je n'ai pas eu la bonne famille, réponds-je avec honnêteté. Je ne suis tout simplement pas né avec les bonnes cartes en main. Enfance de merde.

— Ton enfance ? Attends, je te rappelle que tu parles à quelqu'un qui s'est fait abandonner à la naissance, là ! Toi, t'as pas eu une enfance super heureuse, toi ? Avec maison, jardin, piscine ?

— Arrête...

— Tous les week-ends à la montagne ?

— Arrête...

— Des cours de voile, de piano ?

— Arrête...

— Des cours de golf, des cours de squash ?

— Arrête...

— Des parents qui t'aiment, des sœurs qui t'aiment ?

— Arrête ! crié-je avec véhémence. Arrête de me rappeler tous ces bons souvenirs !

— Je comprends pas... me dit Rodrigue, mi-dépité, mi-dégoûté.

— Tout ce bonheur ! C'est à cause de ça que j'ai pas percé dans le rap US !

— Je comprends pas, répète-t-il.

Je prends une grande bouffée d'oxygène. À cet instant, je sens que c'est à mon tour d'ouvrir mon cœur.

— Une fois, je me rappelle... J'avais quoi... 12 ? 13 ans ? On avait improvisé une sortie entre père et fils... Quelque chose de très classique, certainement quelque chose qui existe dans toutes les familles... Sur un coup de tête, on a empoigné nos skis de randonnée, on a chaussé nos peaux de phoque et on est partis à l'assaut de la montagne, à travers une forêt de sapins nains. On grimpait dans la poudreuse, seuls au monde... À l'orée du bois, on a débouché sur une magnifique clairière. Blanche, pas une trace. À ce moment-là, il s'est mis à neiger. Papounet s'est retourné vers moi et m'a dit : « regarde fils, le ciel saupoudre la forêt. Le crépuscule fond sur la montagne qui gît, indifférente. Le temps semble vaciller, comme vacille la flamme d'une bougie. La forêt d'hiver ressemble à une fourrure d'argent jetée sur les épaules du manteau neigeux. Les vagues des arbres épousent le relief des montagnes. La forêt rappelle la houle qui vient se heurter aux falaises de granit, mais une houle lente. » Je me rappelle lui avoir répondu avec rage, mes bâtons de ski à la main : « mais putain, Papounet ! J'ai pas envie d'être un pédé de poète, moi ! J'veux être rappeur, tu m'entends ? RAPPEUR ! Pour être rappeur, j'ai besoin de blessures, de douleur ! J'ai besoin de parler de misère, pas de crépuscule ! »

Le silence enveloppe la pièce. Rodrigue me regarde, mais ses yeux sont vides, le verre de whisky semblant pencher dangereusement vers le tapis.

— Papounet ? relance-t-il.

— C'est tout ce que tu retiens de l'histoire, toi ? Ce que je veux dire, c'est que tu imagines si Eminem était allé voir Dr. Dre avec sa démo ? « Écoute, Dr. Dre, c'est moi qui fais de la godille avec papa dans la poudreuse ! ». Tu crois vraiment que ça aurait marché ?

— Eh bien, tu vois, c'est vraiment dommage que je n'aie pas eu l'idée de faire du rap, moi, répond-il, la gorge nouée. Parce que tu vois, être abandonné à la naissance... C'est vrai que c'est pas forcément facile de se construire... de trouver sa place, son identité...

— Ah ! eh bien, tu vois, c'est ça qu'il m'aurait fallu, moi ! Exactement ça ! Ça ! Putain, exactement ça !

Tout s'éclaire aussitôt. Rodrigue avait depuis le début toutes les cartes en main pour réussir à aller puiser dans son for intérieur. Je relance :

— Oh ! le mec avait tout ! Tu avais tout ! Mais tu sais quoi, Rodrigue ? En ce qui me concerne, je n'en demandais même pas autant. Je vais même te dire : je me serais contenté d'un divorce. Mais même ça, ils ont pas su me l'offrir ! Tu sais ce qu'il a fait, mon père, l'autre soir en rentrant du taf ?

— Non...

— Il a ramené un bouquet de fleurs à ma mère !

— Ah.

— Et l'autre fois, tu sais ce qu'il a fait ? Il est rentré plus tôt du boulot et lui a préparé un plat en surprise. Et tu sais ce qu'il a cuisiné ? Tu dirais quoi ? Des lasagnes ?

— Euh, je sais pas.

— Un aïoli !

— Ah bon ?

— Tout maison ! Mayo maison, morue... Tu sais combien de temps il l'a fait dessalée, la morue ?

— Non ?

— Tu dirais combien ? Six heures ?

— Je dirais huit heures.

— Vingt-quatre heures !!!

— Ah ! oui, quand même...

— Un putain d'aïoli... dis-je en me levant, la rage en moi. Le salaud ! Tout pour me faire chier... Ah ! désolé, hein, mais toute cette douleur, ça brasse.

Le temps de reprendre mes esprits, je demande à mon meilleur ami :

— Et si on avait un grain de folie et qu'on quittait tout, là, ce soir, après notre verre de whisky italien, pour réaliser nos rêves de gosses ? Hein ? T'en penses quoi ?

Rodrigue, le regard hagard comme après un match de boxe, me rétorque :

— Oui, pourquoi pas...

— Ah ! j'aime quand tu me parles comme ça ! C'était quoi, toi, ton rêve de gosse ?

— C'est drôle, parce que quand tu as dit « rêve de gosse », instinctivement, il y a un souvenir qui m'est réapparu. Avec une musique : *Space Oddity*, de David Bowie.

— J'adore ! Je te la mets ! dis-je avec entrain

— Non, non, c'est bon, pas besoin.

— Ah ! ça va, je l'ai dans ma playlist. Je me connecte à ta chaîne...

Cette chanson de Bowie est assez enivrante. Elle démarre délicatement et peu à peu, gagne en profondeur, en émotion. Rodrigue, gagné par un sourire mélancolique, se confie :

— Tu as raison, la mélodie fait ressurgir des images, des sensations. Je suis en petite section de maternelle. Je dois avoir 3 ans, à peu près. C'est le spectacle de fin d'année. Je suis déguisé en marmotte, précise-t-il dans un sourire mélancolique. J'étouffe dans mon costume trop grand pour moi. Je me rappelle de tout : la choré, la musique, les rires, les flashs d'appareils photo. Autour de moi se mêlent des costumes de lapins, d'oursons, de chatons. Jules qui oublie la choré, la maîtresse qui monte sur scène pour l'aider. Et puis, le salut final. Les applaudissements. Et les copains qui jettent des coucous à des gens dans le public. Qui envoient des bisous avec la main. Eh bien, tu vois, mon rêve de gosse, je crois que c'était, à cet instant bien précis, d'avoir quelqu'un à qui faire coucou dans le public.

— Tu veux bien être mon témoin ? conclus-je, tétanisé.

Pintade rôtie de la Drôme
aux 3 poivres de Mongolie

20 septembre 2019

Le rythme de l'organisation du mariage est soutenu. Rodrigue a évidemment accepté d'être mon meilleur homme (« best man », chez les Américains). Aujourd'hui, nous avons rendez-vous avec notre potentiel traiteur pour imaginer ensemble le menu de la soirée.

Le plat principal, préparé par le chef ce jour, est très bon. « Pintade rôtie de la Drôme aux 3 poivres de Mongolie ». Personnellement, je l'aurais appelé : « Du Poulet ». Mais passons. Notre pintade était accompagnée de topinambours et de céleri. C'était franchement très réussi. Cependant, ce plat m'en rappelle un autre, identique, qui m'avait déjà été

servi au mariage de Marc et Odile, juste avant que je demande ma future en mariage. Ce soir-là, je m'étais fait une réflexion, que je ne m'étais jusqu'alors jamais faite. Sachant qu'il y avait 150 invités à table, que chaque pintade a deux cuisses et que chaque invité s'était vu servir une cuisse par pintade, cela faisait donc 75 pintades juste pour leur soir de mariage, pour un seul repas. Soit deux basses-cours. À cet instant, je m'étais rappelé qu'avant tout, ces pintades étaient des êtres vivants. Qui ont bon goût, certes ! Et qui se marient divinement bien avec le poivre de Mongolie, bien sûr ! Mais tout de même : 75...
Notons : je ne les connais pas personnellement, ces pintades, mais peut-être y avait-il des mères de famille dans le lot ? Peut-être même que certaines d'entre elles avaient des projets ? Je ne sais pas ce que fait une pintade en général après sa journée de boulot, je ne connais pas leurs hobbies, mais je doute que « se faire manger et vomir dans la même soirée pour célébrer l'union de Marc et Odile » faisait partie du plan de départ !
Bruno, au réveil à l'heure du brunch, le lendemain matin à 11 heures :

— Wahou ! Super soirée ! On s'est marrés ! J'étais tellement bourré, je me souviens de rien !

— Quoi ? Tu te souviens de rien ? Tu m'as bouffée et vomie en moins de huit heures et tu te rappelles de rien ? J'avais des tickets pour Walibi, mon pote !

Comme l'idée me travaillait, ce soir-là, je m'étais faufilé en secret dans les cuisines à la rencontre du chef, tandis que ma future avait le dos tourné. J'étais entré dans une cuisine plus calme que je me l'étais imaginée. Le coup de feu était passé, et le chef discutait avec quatre de ses équipiers, accoudé sur le plan de travail en inox. Je m'étais adressé timidement à lui :

— Bonjour, Serge.

— Bonjour, m'avait-il rétorqué poliment.

— Très bon, le plat de ce soir. Merci beaucoup.

— Mais de rien. Ma cuisine, elle est comme moi. Généreuse, hahaha !

Il avait conclu sa phrase dans un rire gras et fort, totalement décorrélé de son trait d'humour.

— Ah, d'accord. Oui, je voulais vous dire : je vais bientôt me marier. Du coup, je viens vous voir parce que...

— Eh ben, c'est super, ça ! Il s'était adressé au reste de son équipe : Eh, les gars, un futur client ! Félicitations !

— Chhhhhhut... Elle n'est pas au courant !

Il est vrai qu'à cette période, je n'avais pas encore posé la question ultime à ma future.

— Elle est pas au courant ? m'avait-il demandé, mi-surpris, mi-choqué. Mais vous savez qu'en 2021, il faut leur demander leur avis, aux femmes ? C'est plus comme avant, haha ! Ah oui, elles ont vite fait de vous balancer un hashtag à la gueule aujourd'hui, les bonnes femmes ! Et on s'en remet pas comme ça, vous savez. Moi, j'ai un cousin...

— Non mais Serge, excusez-moi, je vous coupe. Déjà, parce que je n'ai pas envie de parler de ça.

D'autre part, pour vous répondre rapidement, je prends mon temps, c'est tout. J'ai envie de faire les choses bien, tout simplement. Je venais vous voir parce que...

— Vous avez raison de prendre le temps. Parce que vous savez, le mariage, c'est long. Ah ! c'est long, hein. Vous avez raison de commencer dès maintenant à prendre votre temps, je vous le dis. Moi par exemple, avec ma femme, ça fait 40 ans qu'on est mariés. Mais vous savez, le secret du mariage, c'est de savoir pardonner les petits défauts du quotidien.

Il s'était adressé à sa brigade, comme surpris de lui-même :

— Hé les gars, profitez de mon moment philosophique, ça va pas durer, hahaha !

L'ensemble de la brigade avait partagé avec lui ce rire trop gras et trop fort. Je commençais à me demander si j'étais dans un garage automobile ou dans une cuisine. Puis il s'était ravisé, l'air sérieux :

— Non, mais c'est vrai, sachez pardonner les petits défauts du quotidien. C'est important. Moi par exemple, ma femme, je lui pardonne de jamais avoir envie de faire l'amour.

Il avait regardé le reste de son équipe avec un regard enfantin qui annonçait encore du graveleux. J'étais pris au piège. Il avait continué :

— Après, je lui pardonne, parce que quand moi j'ai envie, elle dit jamais non ! Hahaha !

Je restais sur mes gardes, car Serge avait l'air imprévisible. J'avais raison : à nouveau, il avait renchéri, passant en une fraction de seconde de l'état hilare à l'état songeur :

— Bon, vous me direz, elle dit jamais oui non plus, d'ailleurs. La plupart du temps, elle se contente de me dire : « Au secours ! J'suis coincée ! »
Cette fois, personne n'avait ri, même pas lui.

— Mais enfin, Serge, c'est pas un hashtag qu'il vous faut, avais-je dit, choqué. C'est un procès !

— Oh ! Mais c'est pour rigoler, vous aimez pas rigoler ? On peut plus rien dire... Vous vouliez me parler de quoi ?

— De tout sauf ça, en fait Serge ! Je sais même plus, du coup. Enfin, si... Du plat. Je venais juste parler du plat.

— Allez, je vous écoute.
Je dois avouer qu'à cet instant de la conversation, je n'avais plus envie de continuer. Mais je pensais à ma future, et à quel point la gastronomie est importante pour elle. Je devais aller au bout de ma réflexion.

— Si on était amenés à travailler ensemble, pourrions-nous imaginer une approche un peu moins carnée ? Voire, disons-le, envisager un menu végétarien ?

— Végétaqui ?

— Végétarien.
Le silence qui avait suivi m'avait semblé durer des heures. Serge semblait avoir fait une rupture d'anévrisme soudaine, le laissant l'œil hagard. Un boxeur après un combat.

— Serge ?

— …

J'avais décidé de briser le silence.

— Par exemple, le céleri que vous nous avez servi ce soir était un accompagnement. Mais pourrions-nous imaginer une recette dans lequel il constituerait le plat principal ?

— Le céleri ?

— Oui, par exemple.

— Alors, le céleri. Le céleri, oui. Tout'fait, tout'fait. Bon, le céleri : on le coupe en dés. On le déglace. On le blanchit. On le monte en mousseline. On le passe au tamis. On le passe au chinois. On le monte au siphon. Et puis… Et puis… Et puis on met tout ça dans le cul d'un canard ! Ça donne du goût au canard !

— Oui, non… C'est pas vraiment ce que j'avais en tête, mais vous avez raison, l'exemple du céléri n'était peut-être pas le meilleur choix. Tiens, le topinambour que vous nous avez servi : même question. D'ailleurs, c'est quoi le topinambour, c'est une racine, non ? Je sais : une cucurbitacée ?

— Oui, oui, tout à fait oui. Une racine, une cucurbitacée, oui, tout à fait. Alors, le butternut…

— Non, le topinambour !

— Oui, le topinambour. On le coupe en dés. On le déglace. On le blanchit. On le monte en mousseline. On le passe au tamis. On le passe au chinois. On le monte au siphon. Et puis…

— Serge, je vous coupe : j'ai l'impression que vous allez terminer votre phrase par « et je fous tout dans le cul d'une vache ». J'ai raison ?

— Pas du tout. J'allais dire bœuf. Non mais vous voulez un menu végétarien, je vous fais un menu végétarien, parce que vous savez, la clé dans ce métier de traiteur pour mariage, le secret, c'est... Hé ! les gars, 40 ans de métier et je vais lui donner le secret ! Généreux, je vous dis ! Le secret, c'est : l'adoption.

— L'adaptation ?

— Non. C'est d'adapter le secret.

— Oui, alors dans ce contexte, je me permets d'insister, car...

— Qui plus est, un mariage végétarien, j'en ai déjà fait un une fois. Dans les années 70, si vous voyez ce que je veux dire. Je vous fais pas de dessin... Couronne de fleurs sur la tête, cheveux mi-longs pour le monsieur, poils aux pattes pour la madame, je vous fais pas de dessin... Barbe hirsute pour le monsieur, pétard au bout des lèvres, chemise à fleurs à moitié ouverte, je vous fais pas de dessin...

— Ça ressemble à un dessin, Serge, là.

— Bref, en entrée, on va partir sur quelque chose qui plaît à tout le monde : gravlax de saumon.

— Mais non, Serge ! Végétarien, enfin ! Ça veut dire qu'on ne mange pas les animaux.

— Même la poiscaille ???

— Mais enfin, oui ! Pas de chair animale.

— Mais... mais... Même la poiscaille ???

— Oui enfin, Serge ! La surpêche !

— La surqui ?

— La surpêche, Serge ! Huit milliards d'êtres humains pêchent le poisson plus vite qu'on ne lui laisse le temps de se reproduire. Sans compter les Huit millions de tonnes de plastique que l'on balance dans les océans chaque jour et qui abîment durablement les récifs coralliens. Non contents de ne plus avoir assez à manger, ils n'ont pas le temps de se reproduire. Ce qui conduit inévitablement, si l'on ne réagit pas, à une extinction des poissons en 2048. Allez parler aux pêcheurs dans les ports, ils vous le confirmeront. Plus de poisson, ça veut dire que tous les animaux qui mangent du poisson vont disparaître : plus de baleines, plus de requins, plus de dauphins, plus d'otaries, de phoques, de manchots, d'empereurs, de morses, de goélands. On parle d'un véritable effondrement de notre biodiversité !

C'en était trop pour Serge. Il avait levé les mains d'un air autoritaire.

— Wow, wow, wow ! Pas de politique dans mes cuisines !

— Mais c'est pas de la politique, Serge !

— Y a pas de Serge qui tienne ! D'abord, moi, je m'appelle Bernard ! Depuis le début, je dis rien ! Je suis généreux, mais j'ai mes limites ! Donc pas de politique dans mes cuisines ! Parce que vous, les Verts, là, hein ? Avec vos pistes cyclables ! Hein ! Et le toutiquando, là, hein ? Qu'est-ce qu'ils vont nous pondre encore les Verts, hein ? Est-ce que je dis pour qui je vote, moi ? Non ! De toute façon, y a déjà bien assez d'immigrés comme ça ! Donc la politique, ça reste en dehors de mes

cuisines ! Comme les femmes voilées, d'ailleurs !
Donc maintenant, vous allez m'écouter. En entrée :
coquilles Saint-Jacques !

J'ai su assez rapidement que je ne pourrais pas
travailler avec Serge. En revanche, il est vrai que
cette réflexion née à ce mariage me trotte dans la
tête depuis. En approfondissant mes recherches, il
apparaît que notre manière de consommer de la
viande et du poisson au sein de notre monde
moderne ait des conséquences réellement
désastreuses en matière d'impact écologique et de
souffrance animale à grande échelle. Certaines
lectures et autres vidéos me choquent. Comment
est-ce possible d'avoir 34 ans et d'avoir traversé
cette vie sans jamais me demander une seule fois
comment étaient élevés, produits, abattus,
distribués la viande et le poisson que je mange au
quotidien ? Il aura fallu le mariage de Marc et Odile
pour que je me pose la question pour la première
fois de ma vie.

Ce soir, nous avons un repas de famille.
Événement idéal pour tester comment celle-ci
réagirait si toutefois je devais adopter une
alimentation végétarienne.

Ma future, à l'écoute et bienveillante :

— Eh ben, on va se marrer, avec toi !

Mon beau-père, conciliant et juste :

— Ah ! dommage. Moi qui comptais t'inviter au restaurant.

Ma maman, maternelle et protectrice :

— Ayatollah ! Extrémiste !

— Mais enfin maman, je pense au contraire que nous avons collectivement – et peut-être inconsciemment - créé un système extrémiste. Figure-toi : trois millions d'animaux tués par jour en France. Par jour. En France. Et sans compter les milliers de poussins mâles que l'on jette vivants dans les broyeurs ! Même Microsoft Excel n'a pas prévu assez de cases dans son logiciel pour les compter, ceux-là !

J'ai ajouté d'un air philosophe :

— Est-ce que ma volonté de m'extraire d'un système extrémiste fait par essence de moi quelqu'un d'extrême ? »

— Ouais, répond-elle, l'œil vide fixé sur la tapisserie du salon. Semblant chercher un contre-argument, elle se lance désespérément dans un concours d'éloquence perdu d'avance.

— Ouais, mais moi, mon boucher, il est super. Monsieur Ducros, il est super.

S'adressant à mon père à la recherche d'un soutien :

— Hein chéri, il est super, monsieur Ducros ? Sa viande... Elle est tendre ! Hein chéri, elle est tendre sa viande à monsieur Ducros ? Et puis les végétariens, ils sont tout mous ! La bonne femme chez Biocoop, elle est toute molle ! Hein chéri, elle est toute molle, la bonne femme de chez Biocoop ?

Le plaisir que je prends à me moquer de mes parents est proportionnellement égal à ma mauvaise foi de donneur de leçons, moi qui encore hier rongeais l'os de ma côte de bœuf dans un vacarme animal. Elle aurait été dans une écuelle en inox posée par terre dans un coin de la cuisine avec mon nom dessus, cela ne m'aurait pas découragé.

21 septembre 2019

Des cambrioleurs viennent de braquer le coffre de mes parents dans lequel se trouvait l'alliance de ma grand-mère qui m'était destinée.

Note pour moi-même : personne ne pourra jamais me voler le souvenir de ma grand-mère sortant le plat du gratin de courgettes avec la chapelure croustillante, ce goût unique des légumes d'été fondus pendant des heures, son sourire éclatant en évoquant sa jeunesse à Aix-en-Provence lors de son arrivée de Cordoue, ses mots espagnols jaillissant par accident lors de salves de colère, signe de son tempérament andalou. Pour me faire plaisir, ma future a fouillé dans mes films de famille et nous sommes tombés sur une scène de mon enfance. Nous sommes en 1990 dans la villa de mes grands-parents, sous les raisins grimpants de leur jardin d'hiver. Le film a du grain. J'ai 4 ans, il est l'heure du goûter. Le petit garçon que j'étais est occupé à répéter les sketches de Coluche, tandis que ma grand-mère passe furtivement derrière moi, me dépose un goûter fait de pain et de chocolat, avant de disparaître de l'écran. Cette même main magique qui m'avait décidé à demander ma femme en mariage ressurgit, incarnée par cet acte d'amour qui n'attend rien en retour d'une mamie à son petit-fils.

L'amour prend des formes incroyables et inattendues. Un mari vers sa femme évidemment, mais aussi une grand-mère vers son petit-fils, un homme vers un autre homme, une femme vers une autre femme. J'ai déjà observé des êtres humains ressentir de l'amour envers leur animal de compagnie ! Oui, madame Bouvarel, ma voisine, ressent de l'amour pour son chien et le considère comme un membre de sa famille à part entière. Oui, Sylvianne ressent de l'amour pour Chanel, son cheval, pour qui elle a déjà abandonné des vacances et des week-ends pour s'occuper de lui. Oui, Bruno ressent de l'amour pour la pintade qu'il a... Non évidemment, c'est l'exemple de trop, je m'emballe. L'amour a des limites, disons-le. La limite, c'est la pintade. Tiens, en parlant de la pintade : je suis allé voir des vidéos de leur abattage. Pour information, pour ce qui est de l'abattage, il suffit de les pendre par les pattes et de leur tremper la tête dans de l'eau électrifiée. En matière d'amour, sur ce cas précis, on est plutôt sur le fond de la cuve.

Les soirs de canicule, fenêtres ouvertes, j'entends madame Bouvarel parler à son chien : « Coucou, mon chichouchou ! C'est qui, mon chichouchou ? Mais oui, c'est toi ! Mais oui, c'est toi ! Mais qu'est-ce que je vois ? Tu as encore mâchouillé la télécommande ? Qu'est-ce qu'on avait dit ? Hein ? Qu'est-ce qu'on avait dit sur la mâchouille ? Hein ? Coquinou ! Qui c'est qui dort avec maman cette nuit ? » Je l'imagine tourner sa tête lentement de l'autre côté de la pièce, ses yeux se plisser légèrement et sa voix prendre un ton sadique comme pour illustrer notre relation schizophrène à l'égard des animaux : « Coucou, ma pintade. Mais oui, je vais te pendre par les papattes. Mais oui, je vais te plonger la têtête dans de l'eau électrifiée. Pardon ? Non, de l'eau froide. Et tu seras mangée par Bruno, au mariage de Marc et Odile. Bruno va t'accompagner de douze coupes de champagne, huit verres de vin rouge, huit verres de vin blanc, trois Get 27, et tu devrais ressortir vers 4 heures du matin environ. Attention : une petite partie de toi va rester coincée dans les cheveux d'Éloïse ! Et si tu as de la chance... Je dis bien, SI tu as de la chance, hein, ne me fais pas dire ce que je n'ai pas dit... Si tu as de la chance, peut-être que tu ressortiras sur la banquette arrière de la Mercedes SLK de Styven ! Mais chut ! Je ne t'ai rien dit ! »

Dans la même minute, nous sommes à la fois prêts à les aimer intensément, tout en construisant d'immenses hangars pour les faire naître, vivre et mourir intensément, leur offrant une vie de torture. Dois-je voir ici un parallèle à la vie de mariage ? S'aimer et se faire du mal ? Nous, les humains, avons une conception très personnelle de l'amour. Reprenons l'exemple des animaux que nous aimons intensément. Nous aimons notre chien, pourtant nous le laissons seul dans un appartement de 8 heures à 18 h 30. Nous aimons notre cheval, et pourtant nous lui faisons parcourir la France dans une remorque pour sauter des haies, tout en sachant que lorsqu'un cheval se casse la jambe, il est immédiatement abattu puisqu'il est impossible de plâtrer un canasson. J'imagine ce dernier dire à son maître lors d'une pause-café sur l'autoroute :

— Dis-moi Vincent, en passant sur l'autoroute en Camargue depuis ma remorque de trois mètres carrés, j'ai vu des collègues à moi galoper la bite à l'air dans la garrigue. Tu ne voudrais pas me déposer là, et on se quitte bons amis ? »

— Non, Speedo ! On va sauter des haies en Vendée ! J'espère bien qu'on va le gagner, ce prix des Sables-d'Olonne ! On ne va pas encore se laisser dépasser par cette petite sauvage de Crinière d'Orient ! »

Pourquoi aimer autrui ne signifie pas nécessairement faire le bien de celui-ci ? L'expression « l'amour rend aveugle » pourrait signifier que l'on pense d'abord à ce qui fait du bien à soi-même, sans penser à ce que l'autre peut ressentir. Ou alors, sommes-nous concentrés sur l'amour que nous nous portons à nous-même, plus que nous serions capables d'apporter de l'amour à l'autre ? Ou peut-être que pour certains, aimer quelqu'un signifie disposer de lui ou d'elle comme d'une ressource mise à notre disposition ? Un puits dans lequel nous irions piocher inlassablement ? Et si l'on décidait d'inverser les choses ? Aimer l'autre deviendrait alors « tout faire pour que l'autre soit satisfait de mon amour ». Nous pourrions même imaginer dans ce scénario que cet « autre » fasse la même chose en retour, et que cet amour soit un cercle vertueux et nourrissant.

27 octobre 2019

Le ciel nous tombe sur la tête : Arthur, 5 ans, fils de nos voisins, est atteint du gliome infiltrant du tronc cérébral. GITC : quatre lettres pour définir un cancer du cerveau très rare, celui qui ne touche que les enfants de 5 à 10 ans, et dont on ne se relève pas. Arthur a huit mois à vivre, tandis que son jumeau, Jules, continuera sa route seul. La stupeur nous fait poser des questions absurdes : pourquoi lui, pourquoi si tôt ? Comment prétendre être heureux chez nous avec nos deux enfants à préparer le plus beau jour de notre vie, tandis qu'à cinquante mètres de la maison, une famille est confrontée à l'épreuve la plus difficile qu'un être humain puisse connaître ?

Décembre 2019

Dans un élan de résilience et avec la volonté d'offrir à leur enfant une belle fin de vie, les parents d'Arthur créent aussitôt l'association « Les Étoiles Filantes ». Son objectif principal est de lui offrir un maximum de journées inoubliables. « Si on ne peut pas ajouter de jours à la vie, alors ajoutons de la vie aux jours ». C'est triste, mais c'est beau. C'est dur, mais c'est fort. Arthur se bat et nous montre que tant que la vie est en nous, elle mérite qu'on se batte pour elle. Nous continuons l'organisation de notre mariage, le cœur lourd, mais avec la volonté de vivre.

Ce qui est injuste avec la vie, c'est qu'elle continue, inexorablement. Tandis que nous aimerions nous isoler et pleurer sur cette terrible épreuve pendant des heures, un événement extérieur vient terriblement nous rappeler que le flot de la vie est continu : un enfant qui nous tire le pantalon pour nous rappeler l'heure du goûter, un mail du boulot qui évoque un dossier urgent, l'horloge qui nous signale le moment de la visite de notre grand-mère en maison de retraite. La poussière se dépose, le frigo se vide, les vêtements se froissent.

Cela fonctionne aussi dans l'autre sens, lorsque nous nous trouvons dans une bulle de bonheur et que nous souhaiterions profondément rester au sein de notre rêve éveillé. Après mes trois jours de congé de naissance lorsque ma fille est née, j'ai tout raconté à mes collègues. En détail. Ils étaient à l'écoute : le premier cri, le premier bain, les premières paroles susurrées à l'oreille de la boule de caramel. « Tu es en sécurité dans les bras de ton papa. Tant que je serai là, je te protégerai. Tu es là depuis trois minutes et je t'aime déjà plus que je n'ai jamais aimé personne. Si tu veux être une meilleure personne que moi, je t'aiderai à être une meilleure personne que moi, et tu sais quoi ? ça fera de moi une meilleure personne que moi. Tu pourras apprendre le langage des signes, le latin, le latin en langage des signes. Tu reconnaîtras le nom d'un oiseau à son sifflement, le nom d'un cépage à son nez, le bon champignon du mauvais à l'odorat. Tu nous expliqueras le nom des constellations, l'hémisphère nord et l'hémisphère sud. Tu t'en foutras de gagner de l'argent, mais tu en gagneras plein quand même, ce qui aura le don d'agacer les gens. Tu découvriras une île dans le Pacifique que tu appelleras Palimbus et personne ne saura ce que ça veut dire, ce qui fera de toi une personne mystérieuse et cool. Tu feras du karaté et les gens diront : « ah, bon ? Tu fais du karaté ? » Et un jour, tu découvriras par toi-même des choses que nous ne t'avions pas annoncées. Un jour, tu découvriras des mots terribles, comme « guerre », « harcèlement », « maltraitance », « misogynie ». Mais ce jour-là, nous serons là pour te dire que l'amour est plus fort que tout, qu'il emporte tout sur son passage. Nous serons là pour t'aider à le voir, le toucher, le prendre, le garder et le diffuser. Et même si nous ne sommes pas là tout au long de ta route, nous nous débrouillerons pour te le dire, dans un monde ou dans l'autre. Parce que l'amour est tellement beau et fort qu'il ne se limite même pas à notre simple passage sur la Terre, il résonne et vibre à travers chacun de nous, à travers le temps. Et tu sais quoi ? Même si on n'arrive pas à faire tout ça, ce n'est pas grave. Parce que tu seras toi. Et qu'est-ce qu'il y a de plus important au final, que d'être soi ? »

— Bon, Duperray, sur le dossier Saint-Gobain, c'est quoi l'arbitrage, c'est quoi la roadmap ?

Il était là, à l'entrée de l'open space, le buste droit, le menton en avant. Une posture militaire ridiculisée par cet auriculaire levé, soldat déserteur d'une armée en marche. Et la touillette. Toujours cette touillette, qui touille sans cesse. Le plaisir de touiller semble passer avant le plaisir du café.

— Euh, oui, pardon, le dossier Saint-Gobain. Désolé, je sors tout juste de la maternité, là, et...

— Ah ! oui, c'est vrai ! Toutes mes féloches, Duperray !

Féloches ? Le bougre réussit la performance de trouver le pire terme pour résumer 3 jours de vagues d'amour. Féloches. Néanmoins, je ne suis pas surpris : le jour du décès de ma grand-mère, il m'avait déjà gratifié d'un « toutes mes condos, Duperray ! » Comment oser abréger un mot aussi lourd que « condoléances », avec toute la souffrance qu'il charrie derrière lui, la peine, le deuil, la mort ? Ce jour-là, j'ai compris pourquoi nous appelions un costard un « costume ». Il m'est apparu très clairement que le gaillard enfilait chaque matin le costume du plus gros connard. Avec comme accessoire, la touillette.

— La maman va bien ? avait-il ajouté, feignant un soudain intérêt pour une femme qui vient de traverser une prise de vingt-deux kilos, de multiples nausées, des mois de vomissements, puis une aiguille de trente centimètres plantée dans le dos avant une déchirure totale du périnée.

— La maman va... mieux, avais-je répondu, hésitant. Parce que quand même, périnée grade...

— Et le dossier Saint-Gobain ? C'est quoi l'arbitrage, c'est quoi la roadmap ?

Les bulles éclatent. Les bulles de tristesse, les bulles de bonheur. La vie continue, tout le temps, et nous sommes les passagers qui la traversent.

23 décembre 2019

J'ai du mal à me remettre d'un rhume. Ma future me certifie qu'elle a le bon médicament pour moi : de l'amoxicilline. S'improvisant Médecin généraliste de comptoir (MGDC), elle me prescrit deux prises par jour matin et soir pendant quatre jours. M'improvisant Patient totale confiance en son MGDC (PTC-MGDC), je commence le traitement.

25 décembre 2019

Les cadeaux sont sous le sapin. Les premiers émerveillements des enfants résonnent dans la cage d'escalier. Mais une sensation de démangeaison intense m'inquiète. « Future, il y a de la pénicilline dans l'amoxicilline ? » Réponse du MGDC : « Non ! »
Note pour moi-même : quand ça sonne en « cilline », que tu sais que tu es allergique à la pénicilline et que ta femme prof de musique au collège te donne un médicament uniquement prescrit sur ordonnance d'habitude, fuis. Fuis, loin.

5 janvier 2020

Les vacances de Noël ont été excellentes ! Mon corps a viré intégralement au rouge, criblé de boutons irritants, la peau en feu. Condamné aux douches glacées et à l'isolement dans une chambre au sous-sol de chez mes beaux-parents, mon beau-père médecin généraliste (pour de vrai) venant régulièrement me rendre visite pour me piquer le fion de cortisone. Bonne année !
Le bon côté des choses, c'est que je commence cette nouvelle année avec une liste de « bonnes résolutions » très concrètes, si toutefois je souhaite réussir à vivre longtemps.

15 janvier 2020

Samedi matin, jour de marché, place de l'Église. Je pense à Églantine et à son mariage par tradition. Si je devais me marier dans un lieu de culte, j'aimerais que cela soit une vraie décision assumée. Avec ma fille de 5 ans et mon cabas de légumes, au détour du marché, j'entre par hasard dans ce bâtiment qui m'est encore un peu étranger à vrai dire, à la recherche d'un indice ou d'un signe. Dès l'entrée, ma fille est contrariée. Elle ne dit rien, mais semble s'agacer. Elle regarde à gauche, à droite, comme si elle avait perdu son Prince de Lu sous une banquette. Interrogatif, je lui demande :

— Tout va bien, ma chérie ?

Les mains sur les hanches, le regard froncé, elle me demande :

— Il est où Jésus ?

— Il est où Jésus ? Tu me demandes ça, à moi ? Tu crois que je n'ai pas assez de problèmes comme ça ?

Ayant entendu cette question que ma fille et le reste de l'humanité se posent, le prêtre s'avance vers nous lentement et lui demande d'un ton calme :

— Est-ce que tu le vois, le cœur de Papa ?

— Non, lui répond-elle honnêtement.

— Et est-ce que tu le vois, son amour pour toi ? relance-t-il.

— Oui.

— Eh bien, c'est pareil pour Jésus, conclut-il dans un sourire apaisé, tout en partant en moonwalk, agitant le signe West Coast avec ses doigts.

Passé le moment d'admiration pour un adulte capable de répondre à un enfant avec une telle justesse en 6 secondes 44, j'essaie de comprendre ses paroles. « C'est pareil pour Jésus. » Cela signifierait que Jésus, pourtant mort, nous apporte de l'amour ? Il nous aimerait, malgré sa non-présence physique sur Terre ? À peine suis-je en train de comprendre l'amour terrestre, que j'apprends maintenant qu'il existerait un amour hors de la Terre ? Un amour extraterrestre ? Les gens sont au courant ? Je partage ma découverte avec ma fille :

— Chérie, tu te rends compte ? Un amour extraterrestre ! Hein ? Non, pas DES extraterrestres ! Un amour... Pardon ? Est-ce qu'on peut tomber amoureux d'un extraterrestre ? Regardant désespérément autour de moi :

— Mon père ?

De toute façon, je n'arrive pas à répondre aux questions de mon enfant. Hier, tandis que je la gardais seul à la maison, elle m'a posé une question après l'histoire du soir, toutes lampes éteintes :

— Papa, c'est quoi la mort ?

Une voix si douce pour une question si profonde. Pourquoi suis-je capable de répondre avec sang-froid dans n'importe quelle situation dans le monde professionnel, et figé devant une simple question d'une fillette de 5 ans ? Souhaitant m'en débarrasser façon Luigi, une fois de plus, j'ai tenté une réponse concise :

— C'est quand on s'endort et qu'on ne se réveille jamais. Allez, dodo !

Instantanément, elle a fondu en larmes.

— Mais pourquoi tu pleures, ma chérie ? lui ai-je demandé, mi-surpris, mi-sincère et surtout, très incompétent.

— Je veux pas mourir !

En effet, j'avais oublié la base. Le fameux :« quand on est très très vieux. » J'ai rectifié :

— Oh ! mais non, ma chérie, c'est que quand on est très très vieux !

— Comme mamie ? a-t-elle rebondi.

Infiniment soulagé, je lui ai confirmé à pleins poumons :

— Oui, voilà, comme mamie ! Exactement ! Parfait ! Très bon exemple ! Comme mamie, bravo !

Elle a fondu en larmes à nouveau.

— Mais pourquoi tu pleures encore ? dis-je d'un ton agacé.

— Je veux pas que mamie meure !

— Mais enfin, mamie ne va pas mourir !

— Mamie va pas mourir ? me demande-t-elle d'une voix pleine d'espoir, avec ses yeux bleus écarquillés.

— Mais bien sûr que non, enfin !

— Tu promets ?

Et voilà. Mat en six coups. Un voleur acculé au fond d'une impasse, les chiens aux trousses. À cet instant, me voilà face à deux choix. Le premier est de promettre à ma fille que sa mamie ne va pas mourir et de voir ma promesse se briser un jour. Un mardi, un jeudi, peut-être un jour de boulot. Un jour où l'on oublie de repasser sa chemise la veille, où le téléphone sonne et où la nouvelle tombe. Le deuxième est de repartir pour un tour de questions-réponses avec son lot d'incertitudes face à ma capacité à répondre à côté de la plaque et à contribuer à l'aggravation de son traumatisme. J'ai tenté un troisième choix désespéré : la diversion. Le voleur qui lance une tranche de bacon sortie de sa poche aux clébards.

— Tu savais qu'au paradis, plus personne ne porte de vêtements ?

— Ah bon ? a-t-elle demandé dans un sourire, signe que j'étais alors sur la bonne piste.

— Mais oui ! Au paradis, plus de Zara, H&M, plus de Black Friday, plus de stigmatisation sociale, plus besoin d'avoir la dernière paire de baskets à la mode ! C'est génial, non ? Allez, ma chérie, bonne nuit !

— Papa ?

— Hmmmmm, oui ?

— Ça ressemble à quoi, le paradis ?

Trop, c'est trop. Il fallait clore cette discussion au plus vite. J'ai répondu de manière agacée et lapidaire :

— Le paradis, c'est super ! Il y a des barbes à papa, des piscines à balles et des trampolines ! C'est le paradis des enfants !

— Des enfants ??

— Oui, enfin... avec, évidemment, que des très vielles personnes dedans, ai-je tenté désespérément.

— Donc le paradis, c'est des vieux tout nus qui mangent de la barbe à papa et qui font du trampoline ?

— Oui, voilà, ai-je conclu, pris à mon propre piège.

— Comme le camping de l'année dernière ? a-t-elle demandé innocemment.

— Oui, comme le camping de l'année dernière. Bonne nuit ma fille.

7 février 2020

Mes « amis » me font une surprise : ils m'emmènent en EVG à l'épicentre de la pandémie, à Turin.
10 hommes sains à l'aller, 5 grippés au retour. Je commence à rédiger ma liste de bonnes résolutions de l'année prochaine. « Ne pas écouter sa femme. Changer d'amis ».

10 février 2020

Surinfection de ma grippe : toux intense, pneumopathie. Patient zéro ?

12 février 2020

Toute la famille a la grippe. Toutes les familles des cinq autres amis ont la grippe. Tous nos collègues ont la grippe.
Heureusement, mon père est à la MAIF, mon oncle est à la MAIF, ma mère est à la MAIF.

13 février 2020

OL–Juventus de Turin, dans un stade de 45 000 personnes en pleine pandémie : normal.
But de Tousart : pas normal.

1er mars 2020

Tout est sous contrôle, sauf une pandémie incontrôlable.

8 mars 2020

En Italie, les gens sont confinés. Ils sont cons, ces Italiens !

10 mars 2020

Devant l'ampleur de la pandémie, premières annulations de venues à notre mariage pour raisons évidentes de santé. C'est très dommage, mais nous comprenons.

11 mars 2020

J'apprends que Rodrigue est très inquiet. Soyons clair : ce n'est jamais arrivé de sa vie. Cela est très inquiétant.

13 mars 2020

J-2 : Macron fait un discours anxiogène que nous ne regardons pas. Nous sommes en compagnie de nos autres témoins, non inquiets, qui nous aident à nous projeter positivement sur le futur plus beau jour de notre vie.

13 mars 2020 : mon oncle a une grosse rate

8 heures

Nous nous réveillons pour partir au lac de Montriond. Nous prenons chacun notre voiture, car nous sommes chargés. Sur la route, je me sens léger, serein, malgré l'enjeu de la journée. Preuve de ma bonne humeur : même la pub Carglass n'entame pas cet enthousiasme. Mon cerveau la traite avec un filtre, qui tord cette publicité insupportable que tout le monde a entendu de force environ un milliard de fois et ressemble à cet instant de ma vie à peu près à ce qui suit. Au cœur de la garrigue, face au massif de la Sainte-Victoire, les cigales chantent. Sur la table sont posées sommairement une bouteille de rosé frais et des olives vertes. À mes côtés se tient assis un grand-père au chapeau de paille et chemise en lin. Il me raconte avec un accent provençal chantant et au ton prévenant : « Je lui avais dit à la cliente, que la petite fissouille, pas plus grosse qu'une pièce de 2 euros dans le pare-brise, il fallait pas rigoler ! Je lui avais dit à la cliente que si elle roulait sur un petit nid-de-poule, ça pouvait se fendouiller, voire pire : se cassouiller ! Je lui avais dit à la cliente ! »

Le téléphone sonne sur la route. Une première annulation tombe, liée à la peur du Covid. « Tu sais, mon père a 70 ans... » Sonnerie, nouvelle annulation liée à la peur du virus : « Tu sais, ma grand-mère est en maison de retraite. » Sonneries, annulations, Covid : « Mon oncle a une grosse rate ; ma voisine travaille chez Grand Frais ; mon chien est un pékinois ». La pub Carglass, évidemment, repasse à la radio. Mon cerveau la filtre différemment de la dernière fois. Je revois mon père, debout devant la cheminée, avec mon bulletin à la main. Il sort du bureau et porte toujours son costard des années 90 : cravate trop large, chemise trop large et chaussures trop grosses. Il débite d'un air froid et agacé : « On vous l'a dit une fois, on vous l'a dit dix fois, on vous l'a dit cent cinquante fois, lorsque vous avez un impact de la taille d'une pièce de 2 euros chaque soubresaut, chaque nid-de-poule, peut vous provoquer une fissure qui ne sera plus garantie par votre assurance. Vous ne l'avez pas assez entendu ? Au lieu de venir effectuer une réparation payée par votre assureur maintenant, vous préférez reporter à plus tard, pour payer une franchise de 300 euros ? Vous savez à quoi cela vous mène, de reporter de petits ennuis à plus tard ? Cela vous mène à de gros problèmes, voilà tout ! Que faut-il faire pour que vous preniez enfin la mesure du problème ? »

Le nom de mes meilleurs amis s'affiche sur le téléphone. Thierry Gilardi est entré dans la légende lors du coup de boule de Zidane en commentant l'action en direct : « Pas maintenant Zinedine, pas toi ! » Le fantôme de Thierry se tient à côté de moi sur le siège passager à cet instant. À la lecture de leur nom, il me souffle : « Pas maintenant, pas eux ! » Nous n'imaginons pas nous marier sans eux, nous qui avons tant partagé. Des naissances, des levers de soleil en montagne, des soirées à débattre autour d'une bouteille de whisky écossais ou italien sur comment construire notre futur, des parties de cartes, des naissances, des peines. Malheureusement, ils traversent une épreuve familiale avec un proche atteint d'une maladie grave. Pour des raisons compréhensibles, ils décident à contrecœur d'annuler leur présence, comme quarante-cinq autres personnes ce matin.

La pub Carglass choisit ce moment pour passer une troisième fois, tel un tortionnaire appuyant volontairement de son doigt sur une plaie ouverte. Cette fois, le filtre laisse apparaître un garagiste bedonnant à la peau grasse, les mains recouvertes d'huile de moteur. Il ouvre le bureau du directeur dans un vacarme : « Je lui avais dit à l'autre connasse, qu'avec un impact pas plus gros qu'un trou de balle, il fallait pas déconner ! Mais non ! On fait ce qu'on veut ! Et les nids-de-poule ? Tout le monde s'en fout des nids-de-poule ! On l'a quand même répété, bordel de merde ! Mais non

MADAME pense qu'elle est AU-DESSUS des autres et MADAME a pété son pare-brise ! Et maintenant, la franchise, elle l'a dans le cul !!»

13 heures - Arrivée à l'hôtel

Mon témoin m'apprend qu'Édouard Philippe annonce l'interdiction des regroupements de plus de cent personnes. Aucun rapport, mais c'est pourtant vrai : ma fille de 2 ans choisit ce moment pour vomir sur la moquette de l'hôtel. Ma maman fond en pleurs, ma future aussi. La propriétaire de l'hôtel aussi : c'est elle qui nettoie le vomi.
Pour ma part, je prends instinctivement mon ordinateur et sort la liste des invités : « Ne pas écouter sa femme, changer d'amis. » Mince, ce n'est pas la bonne liste.

13 h 30

Après vérification, les médias ont oublié de préciser qu'il s'agissait des regroupements publics. En privé, la jauge est de trois cents personnes. Merci BFM. Au moins, la liste est à jour.

14 heures

État des lieux de la salle. Ma future chancelle : trop d'émotions pour une femme censée se projeter positivement sur le plus beau jour de sa vie. Je suis déçu pour elle, mais termine seul l'état des lieux.

15 heures

La fleuriste arrive, les DJ aussi, le traiteur commence à installer la salle. Tous ces prestataires sont à fond et nous redonnent le moral. Ces métiers sont extraordinaires. Nous ne connaissons pas personnellement ces êtres humains qui pourtant nous donnent l'impression d'être uniques à leurs yeux. Encore !

16 heures

La salle commence à être magnifique et de nombreux amis nous envoient de superbes messages de motivation.

17 heures

La famille et les témoins sont tous à l'hôtel ; le moral est de nouveau au sommet. Picon-bière !

17 h 30

Le téléphone sonne pour la soixante-treizième fois :

— Vraiment désolé, mon oncle a une splénomégalie, j'espère que tu comprendras.

— Une splénomégalie ? Aïe, ça a l'air grave. Qu'est-ce que ça veut dire exactement ?

— Ça veut dire qu'il a une grosse rate.

— Ah ! désolé, mais on me l'a déjà faite celle-là.

— Ah ! OK. Mon oncle est anémique ?

— D'accord. Va pour l'oncle anémique. J'achète.

— C'est pour ça qu'il a une grosse rate.

18 heures

Picon-bière !

19 heures

Picon-bière !

19 h 30

Repas savoyard. Je me dis que personne n'osera manger de fondue la veille d'un mariage. J'ai tellement tort.

21 heures

Je me dis que mon père et mon beau-père n'oseront jamais manger de vacherin glacé après une fondue la veille d'un mariage.

22 heures

Les jeunes rejoignent le bar de l'hôtel. Un habitué du coin cuité squatte le coin du bar, son coude cloué sur la planche collante. Son coude, le bar : comment lui jeter la pierre ? Le patron voit arriver dix jeunes, il se dit que le chiffre de l'année, c'est maintenant.

22 h 10

On boit un coup à la santé du père Mytho.

22 h 30

Le patron sort son plus beau DVD de Johnny Hallyday au Parc des Princes, 1995. Il n'a pas d'enceinte : il met juste le son de la télé très fort.

23 heures

Débat sur le génépi : « C'est que des fleurs ! »

23 h 30

Extinction des feux : place au mariage.

00 h 10

Mes parents ouvrent un œil dans leur sommeil : un inconnu est entré dans leur chambre d'hôtel. Panique, lumière : c'est Rodrigue, saoul et perdu. On le raccompagne à sa chambre. Extinction des feux : place au mariage.

00 h 30

Rodrigue est à nouveau perdu dans l'hôtel. Ma future le retrouve déambulant dans l'obscurité de la salle du restaurant. Confirmation que le génépi,

ce n'est pas que des fleurs ! Extinction des feux ?
Place au mariage ?

7 heures

Réveil. Je repense à ce chemin parcouru, parfois seul dans ma tête avec des questions existentielles ou à deux dans une préparation assez unique, et me dit que les Anglais ont un mot qui décrit bien ce que je ressens : « journey ». Il signifie voyage. Mais pas voyage dans le sens « banane accrochée autour de la taille dans un Club Med en moule burnes et en Crocs au petit déjeuner à manger des brochettes de fruits à la fontaine de chocolat blanc pendant que les autochtones crèvent la dalle cinquante mètres à la sortie du club ». Plutôt dans le sens de ce que nous avons traversé en tant qu'humain, en tant que personne. Je me dis que notre « journey » est terminé, que nous sommes arrivés à destination et que plus aucun imprévu ne peut venir se mettre en travers de notre journée de mariage. Nous avons tout vécu.

12 heures

Mon ami Nicolas a été arrêté au péage sur la route de la cérémonie. Il est en garde à vue pour conduite sans point sur son permis. Sa femme et lui-même ne seront pas présents ce soir. Quarante-neuvième et cinquantième annulation.

Deux options de réaction s'offrent à moi.

1) Je suis rassuré : je ne suis pas le seul à avoir une liste de bonnes résolutions remplie de choses débiles à ne pas faire dans la vie.

2) « Mais putain, tu ne peux pas être adulte et conduire avec des points sur ton permis comme tout le monde ? Tu ne crois pas que nous avons eu assez d'annulations comme ça ? Le compte exact est de cinquante annulations à cause du Covid et toi, tu viens ajouter ton permis sur la liste ? »

Je choisis l'option 1.

13 heures

Accueil vin chaud, les pieds dans la neige, au domaine. Pour ceux qui préfèrent, nous avons aussi l'option chocolat chaud. Nous gardons un œil sur Nicolas, un bon ami mais qui a tendance à se transformer au contact de l'alcool. Une équipe de quatre gaillards est briefée. À mon signal : exfiltration.
Premier constat, il n'aime pas le chocolat chaud.

15 heures

Ce moment où le marié découvre la robe de la mariée.

19 heures

Ce moment où la fille de la mariée vomit sur la robe de la mariée.

19 h 30

La mariée a disparu depuis trente minutes pour tenter de rattraper sa robe, mais elle revient vêtue d'une différente. Les 2 000 euros ont duré six heures. Techniquement, cette robe a coûté 6,66 euros par minute. À peine sortis de l'église, le chiffre 666 fait surface. Je crains d'avoir construit sur le sable.

19 h 45

Je pense que ma fille a un don. Alors oui, ce don est de vomir au pire moment. Mais cela reste un don ! Sa mère a l'oreille absolue, c'est bien aussi. J'essaye d'imaginer ce que Maria Montessori nous dirait sur ce don : « Laissez l'enfant savoir qu'il possède quelque chose d'unique, de spécial. Soyez à l'écoute de son vomi. Accompagnez-le dans son vomi. Vomissez avec lui. »

20 heures

Édouard Philippe annonce la fermeture de tous les établissements de restauration et l'interdiction de tous les rassemblements privés et publics. En un instant, notre traiteur vient de subir treize annulations de mariage sur les cinq prochaines semaines. Comment faire pour payer les salariés ? Comment amortir les prêts contractés pour payer le matériel ? Comment payer le loyer ? Ah ! c'est l'heure de l'entrée des mariés !

20 h 10

Les invités sont assis à table. Le DJ harangue le public : « Faites du bruit pour les mariés ! » Cette expression, disons-le, a fait son temps. Mais pour une raison inexpliquée, elle fonctionne toujours : dans un manège, dans un concert, dans un séminaire de La République en marche et donc, dans un mariage. Le public réagit, accompagné de quelques « Wou wou ! » ringards mais qui ont le mérite de répondre à la demande du DJ de faire du bruit. Celui-ci lance : *That's Life* de Sinatra, à ma demande. Je commence par entrer seul. Enfin, pas tout à fait seul, puisque je suis accompagné d'une technique de pas de danse unique. Et par unique, disons, moche. Au bout de trente secondes, je fais le signe à ma femme d'entrer. Mais à la surprise de tous, sauf moi, c'est Rodrigue qui arrive sur scène, déguisé en mariée, un voile blanc recouvrant son visage barbu. Nous entamons quelques pas de danse sous les yeux des invités hilares. Quelques secondes plus tard, je le bascule en arrière et soulève son voile, faisant mine d'être surpris de découvrir ce visage qui n'est pas celui de ma femme. Le DJ arrête la musique net et lance *Wannabe* des Spice Girls. Ma femme débarque, faisant le show en chantant les paroles. Ses amies se lèvent et la rejoignent sur une chorégraphie travaillée. Je la regarde avec admiration : cette fille, c'est le feu ! Mes amis proches, vexés de ne pas être représentés sur cette scène, se lèvent tous et improvisent une battle endiablée. Mais pourquoi ne m'a-t-on pas dit plus tôt que le mariage, c'était aussi une grosse soirée entre amis ? Je n'aurais pas attendu douze ans avant de me lancer ! « Et le notaire, et les dettes, et patati patata », quelle nouille ! Pas un tonton, pas un père, pas un ami à l'horizon pour me prévenir : « Quelle bringue ! »

21 heures

Nicolas et sa femme arrivent finalement. Il me chuchote qu'il a passé la journée en caleçon en garde à vue. Le mec n'a pas de point sur son permis, mais il a un caleçon. Il aurait fait l'inverse, il serait arrivé à l'heure.

21 h 15

Cinquante annulations dont trente ce matin même, cela signifie vingt-cinq pintades à la poubelle. Je regarde la mienne au fond de mon assiette. Avait-elle un nom ? Une passion ? Je décide de l'appeler Monique. Je l'imagine encore, hier, en train de pousser son petit pintadeau à la balançoire, courir avec lui aile dans l'aile dans un champ de coquelicots, jouer au bilboquet, descendre en rappel avec son baudrier lors d'une via ferrata pendant ses vacances à la montagne. C'est tellement bon que je me sers deux fois. Pour toi, Monique !

21 h 30

Ma fille aînée vient me demander à table : « Papa, est ce que l'on peut aimer quelque chose plus fort que la vie ? Moi, je suis trop heureuse de vivre. » Un éclair d'innocence et d'amour simple dans la bouche de ma fille de 5 ans au milieu du tumulte des adultes en train de tournoyer sans fin leur verre de pinot noir en pensant retrouver le goût de la violette et l'odeur du cuir.

21 h 30

Notre assistante maternelle nous envoie un texto pour nous dire qu'elle ne vient lundi garder nos enfants que si nous augmentons son salaire au regard de la situation sanitaire couplée à son asthme chronique.
Deux options de réaction s'offrent à moi.

1) Garder son calme, respirer, sourire à la vie.
2) « Tu es sérieuse, là ? Tu crois que nous sommes sur notre canapé en train de regarder *The Voice* ? Tu ne crois pas que nous avons eu assez d'éléments contre nous pendant cette organisation de mariage pour que tu nous fasses du chantage sur une garde d'enfants, maintenant ? Qu'est-ce que j'en ai à foutre

de ton asthme, là, maintenant, après dix ans de réflexion sur la vie et les conséquences d'un engagement, un an de préparation frappée par une pandémie qui risque de changer nos vies à jamais, des annulations de dernière minute dont nos meilleurs amis sans qui nous n'imaginions jamais passer une telle journée, un prêtre mythomane qui vient ébranler la foi que nous avons en la vérité, des cambrioleurs qui essayent de voler les souvenirs qu'une vie a tenté de faire perdurer à travers la mort, et ce putain de gliome infiltrant qui nous fait douter de notre droit à être heureux, à cet instant, là, maintenant, tandis que d'autres souffrent ? Tu sais dans quoi ça rentre bien, un inhalateur ??? »

La pub Carglass retentit dans mon cerveau ; ma cloche de Pavlov personnelle : dès que je vis un moment stressant, elle se pointe et le filtre s'adapte à l'intensité vécue. Cette fois, c'est Mike Tyson, debout au milieu d'une décharge publique, tenant à sa hauteur un pare-brise explosé taché de sang : « Vous voyez ce pare-brise ? C'est l'impact de sa tronche, à la cliente. »

Je choisis l'option 1.

21 h 30

Mon beau-père s'apprête à projeter une présentation PowerPoint. Écran, zizi, nu, peur.

22 heures

Le témoin de ma femme – sa meilleure amie – prend la parole et annonce d'un ton sarcastique : « Le carême, une élection municipale, un cambriolage, une pandémie mondiale : dans cette même situation, n'importe quel couple parmi nous aurait douté qu'il eût fallu se marier. Pas vous ? » Je pense que son métier de libraire lui confère le droit d'utiliser le verbe « falloir » au plus-que-parfait du subjonctif. Pour tous les autres qui envisageraient d'utiliser ce temps lors d'une soirée : allez mourir dans d'atroces souffrances. Elle poursuit : « Vous avez subi une cinquantaine d'annulations en vingt-quatre heures, dû refaire votre plan de table intégralement en quinze minutes, et ce soir à minuit, les gendarmes obligeront les propriétaires de bars, clubs, restaurants, salles de spectacles, salles de sports, à fermer leurs portes. Dès demain, nous devrons certainement faire comme la Chine et l'Italie avant nous, à savoir nous confiner. Cette soirée me fait penser à un plongeon dans le vide. Émotionnellement, nous montons très haut, sans vraiment savoir dans quoi nous allons tomber. Alors profitons, mes amis. Profitons de cette dernière soirée. Faisons la fête, célébrons la vie. Et qui sait : peut-être sommes-nous en train d'admirer les derniers mariés avant la fin du monde ? »

22 h 15

Une main m'empoigne au passage. Un visage me parle de beaucoup trop près : « On danse ou j'me branle ? » La transformation de Nicolas est en cours. À cet instant, je ne sais pas si sa formulation relève d'une question ou d'un ultimatum. Je lui fais remarquer qu'il gagnerait à me proposer un panel de réponses avec plus de choix et surtout plus nuancées. L'équipe se tient prête à intervenir.

22 h 30

Ma belle-mère demande au DJ La Compagnie créole. Ils refusent catégoriquement : je les ai payés cher.

23 heures

Je m'improvise MGDC (c'est à la portée de tous) et déclare officiellement et en public que « le Covid, c'est qu'une grippette ».

23 h 25

Ma belle-mère demande au DJ *Les Démons de minuit.* Ils refusent catégoriquement à nouveau. Je les ai payés cher.

23 h 30

Je suis allé à de nombreux mariages, mais c'est la première fois que je me rends au mien.

23 h 45

Une main, accompagnée d'un souffle chaud et vaseux qui glisse sur ma nuque, m'attrape l'épaule par derrière : « On danse ou j'me branle ? » Plutôt que l'exfiltration, je lance les DJ un quart d'heure plus tôt que prévu.

00 h

C'est l'anniversaire de notre témoin : simple hasard ou plan machiavélique pour voler la vedette ?

00 h 50

Julie tente d'attraper de force le micro des DJ pour chanter « Donne-moi ton corps bébé, ton cœur bébé », de K. Maro, sorte de soupe R&B des années 2000. Fort heureusement, ils la remballent avec poigne. Je les ai payés cher.

3 heures

Le sol colle sous nos pas. J'essaye de l'analyser malgré mon état d'ébriété et la lumière rouge et bleue : du génépi, du champagne. Pas de reste de pintade jusqu'à maintenant. Satisfaction.

3 h 40

Un ami, visiblement lui aussi en état d'ébriété, m'attire délicatement sur le bord de la piste. Il me fait part de sa théorie à voix basse : « la bonne nouvelle avec ce Covid, c'est que tu vas pouvoir faire le tri entre tes vrais amis et les autres, hein ? Pense à tous ceux qui t'ont planté pour le plus beau jour de ta vie, hein ? Alors que nous, on est là, hein ? HEIN ON EST LÀ, NOUS ? » Il faut assez de recul à ce moment pour se faire une place entre l'alcool qui tape sur les tempes et l'émotion qui tape sur le cœur, pour ne pas tomber dans ce piège. La réaction que chacun a envers ce virus inconnu est unique. Elle révèle en nous certaines peurs enfouies et il me semble plus adapté de respecter le choix de chacun.

3 h 45

Julie chante K. Maro complètement bourrée, sur scène, au micro des DJ. Je ne les ai pas payés assez cher.

Le domaine est géré par la Ville, c'est pourquoi j'ai personnellement la charge, à la fin de la soirée, de fermer toutes les portes, d'éteindre les lumières, et de mettre l'alarme en route. Beaucoup de responsabilités, à cette heure avancée. Au mariage de Marc et Odile, je n'en aurais pas été capable. Cette soirée est différente, les cent invités nous ont abreuvés de paroles bienveillantes et valorisantes toute la soirée. Notre réservoir affectif est rempli pour les cinq prochaines années ! Message à l'attention de toutes les personnes qui n'ont pas confiance en elles : mariez-vous ! Ou plus précisément : à toutes les personnes qui n'ont pas confiance en elles, qui sont en couple, qui ont construit sur le roc, qui ont 30 000 euros sur leur livret A : mariez-vous ! Tiens, peut-être une clé d'explication au divorce ? Au bout de 5 ans, le réservoir affectif des mariés serait à nouveau vide, si bien que l'un des deux membres du couple irait chercher de l'amour ailleurs. Et si on se remariait avec sa femme tous les cinq ans ? Banco ! Je t'envoie une invitation Outlook pour 2025. Tu es disponible le 14 mars ?

Devant le boîtier de l'alarme du domaine, mon cerveau divague plutôt que de se concentrer sur le fil à couper (le rouge ? le bleu ?). Je repense au notaire et à ses armoires poussiéreuses saturées de grimoires aux reliures en cuir. Ces ouvrages sont-ils vraiment de vieux cadastres validant la crédibilité des frais de notaire ? Où s'agit-il d'une simple décoration ? Mystère. La prochaine fois, j'essaierai de lire un titre au hasard, peut-être *Lyon 6e, 1870-1930*, peut-être *Harry Potter et le prisonnier d'Azkaban*. Je lui dirai qu'il ajoute une clause dans son contrat, précisant que nous sommes remplis d'amour pour une durée indéterminée. Oui, je suis capable de rester avec une femme toute ma vie, parce que c'est ma femme. Non, nous ne nous sommes pas mariés à l'église par tradition, mais pour placer notre foi au sein de notre foyer, pour construire sur le roc. Oui, nous avons fait un contrat de mariage parce que nous sommes des adultes, qui parlons en k€, et anticipons le jour où la mort nous séparera. Non, je n'indexerai pas mon amour sur mon crédit immobilier, parce que je souhaite que notre famille perdure au-delà de notre simple vie d'humains faits de chair et de sang. Oui, nous avons le droit d'être heureux, même si d'autres traversent des épreuves ; nous avons même le devoir d'honorer la vie quand d'autres se battent tous les jours pour la garder. Non, un simple « je t'aime », aussi pur soit-il, ne me suffit pas à me projeter dans cette vie de famille ; formuler cette promesse de s'aimer dans les moments difficiles, ensemble, devant ses proches et ses amis, nous engage plus que de simples mots. Oui, les histoires d'amour les plus belles sont celles après trois années de partage. Avant, tout est simple : un regard suffit pour lancer le feu dans nos tripes, un sourire, une fossette, une patte d'oie et un déluge d'émotions survient. Il suffit d'un week-end en Ardèche suivi d'une discussion sur la musique de Hans Zimmer et nous sommes persuadés d'avoir trouvé une perle rare, un homme ou une femme qui nous anime, nous fait vivre ou revivre. Avant trois ans, on ne se connaît pas vraiment, pas intimement du moins, on se séduit seulement. L'autre est tout pour nous, car nous sommes sur un nuage, un nuage temporaire, comme tous les nuages qui finissent par passer. Non, la vraie belle histoire d'amour est celle qui dure. Celle où l'on fait le choix de ne pas craquer pour la directrice financière, alors que ce serait si simple, là, maintenant, dans cette soirée blanche en séminaire dans un mas provençal. Celle où l'on fournit un vrai effort pour parler le même langage de l'amour que celui d'en face, pour entretenir une bougie allumée depuis si longtemps. Celle où ses échecs sont les nôtres, où nous sommes prêt à endosser sa douleur pour qu'elle ne la subisse pas, celle où l'on rentre tard du travail et que l'on se retrouve en train de pleurer en lavant les épinards du marché tout en se demandant pourquoi on ne fait pas comme les autres gens, un bon vieux paquet surgelé en promotion, celle où les traits sont tirés, les cheveux grisonnants, et les rêves de nos 20 ans, enfouis. Oui, là, ici même, lorsque nous passons deux heures de notre après-midi ensemble avec notre belle-mère à la maison de retraite alors même qu'elle ne nous reconnaît plus, là, se trouve le vrai amour. Celui que l'on construit, celui qui dure, qui trace notre vie. La plus belle déclaration d'amour : « ma chérie, les cheveux blancs te vont à ravir. »

Je coupe le fil bleu et file au lit. Bleu métal.

10 h 50

À ce stade de la crise du Covid, les rassemblements sont interdits. Le brunch est donc interdit.

13 heures

Le brunch s'est très bien passé.

30 avril 2020

Quarante-septième jour de confinement en compagnie de ma femme et de mes deux filles de cinq et deux ans. Il est 16 heures en ce jeudi, hors vacances scolaires, une tisane « les deux marmottes » à la main et un plaid sur les gambettes. Ma barbe n'est pas de trois jours, mais de quarante-sept. Je suis encore en pyjama, et me demande : « devrais-je me mettre en chemise pour la réunion commerciale téléphonique prévue dans trente minutes ? » Entre nous : quel intérêt de se changer maintenant, alors que dans seulement quatre heures, il sera enfin l'heure de mettre ledit pyjama ?

Pour les trente prochaines minutes de ce jeudi totalement ordinaire dans la vie d'un jeune cadre dynamique classique, je lance un concours du plus beau Monsieur Patate. Accompagné de mes deux colocataires mineures, la concurrence est rude ; à ma gauche, un Monsieur Patate orné d'une crête multicolore et de deux oreilles de lapin ; à ma droite une Madame Patate au nez de cochon, coiffée d'un casque de chantier et chaussée de pattes de cigogne. Mon adversaire le plus redoutable reste le Monsieur à la crête, car la ligne éditoriale de Madame est incompréhensible. Est-elle chef de chantier ? Si c'est le cas, pourquoi aurait-elle des pattes de cigogne, sans chaussures de sécurité ? Quel psychopathe prendrait le temps de mettre un casque de chantier tout en restant pieds nus ? Ou alors réalise-t-elle ses réunions de chantier depuis les airs, ce qui ne doit pas être pratique pour les autres membres de la réunion qui restent au sol. Pour ma part, j'aborde le concours avec sérénité, sûr de mon concept disruptif en fourrant la tétine de la plus jeune dans la bouche d'un Monsieur.

16 h 30, coup de théâtre après délibération : j'arrive en dernière position du concours. Comment aborder la réunion commerciale en toute sérénité devant une telle injustice ?

« Bonjour à tous, j'espère que tout le monde va bien. »
Le directeur général ne sait pas, ne sait rien. Non, ça ne va pas, Denis. Je viens de me faire littéralement humilier par Madame Patate et son casque de chantier, je ne vais pas bien, Denis. Je décide de prendre la parole :
— Bonjour à tous, pour ma part, je crois que je vais vous laisser gérer la réunion. Je ne me sens pas très bien.
— Encore ce foutu Covid ? Courage, courage, souffle-t-il.
Je raccroche en maugréant, ce qui m'évite de mentir sans pour autant dire la vérité. C'est vrai que le Covid nous a bien touchés dans les premiers jours du confinement. Avec le recul, ce n'est pas tant la respiration laborieuse qui était difficile, ni

la perte du goût ou de l'odorat. Si je devais citer le plus dur dans cette période, je parlerais plutôt de Pierre, le voisin d'en face, qui vous balance à la figure le soir à 22 heures, lorsque vous fermez vos volets : « J'ai vu à la télé que certains allaient se coucher en se sentant plutôt bien, et pis qu'ils sont crevés en trois heures ! » Lit, couette, dodo, mort ?

Mais à cet instant, le Covid est loin. C'est ce foutu concours qui m'embrouille l'esprit. Je soupçonne la juge du concours d'être impliquée dans l'affaire. Mère et juge à la fois, le conflit d'intérêt est flagrant. La question à laquelle il s'agit de répondre : comment faire confiance à cette personne ? La réponse serait-elle aussi simple que : « Parce que tu t'es marié avec elle il y a moins d'un mois ? »

Le lendemain du brunch, nous sommes partis en voyages de noces. Nous nous sommes envolés pour notre salon, avons visité la chambre des enfants et avons pris des tickets pour le spectacle de la chambre d'amis. Nous avons découvert un superbe restaurant en amoureux au sein de notre cuisine. Le chef n'avait pourtant aucune étoile sur TripAdvisor. Seuls ces voyages permettent de partir à la découverte de gens simples, locaux. Seule ombre au tableau, la queue à l'entrée de notre salle de bains était interminable. Tous ces touristes : insupportable.

Mariés, confinés.

Cela pourrait être le titre d'une nouvelle émission sur W9. J'imagine Valérie Damidot, accoudée sur un canapé en cuir type Chesterfield, au milieu du jardin d'un château du Beaujolais bordé de vignes, au printemps. Face caméra, d'un air grave, elle nous confierait : « Ils se sont mariés le 14 mars 2020 : le soir où tout a basculé. La veille, ils subissaient une cinquantaine d'annulations en moins de vingt-quatre heures, provoquées par la peur du virus. Le jour même, à 20 heures, heure à laquelle les mariés entrent en scène, la vraie star est Édouard Philippe et son injonction unique dans notre histoire : tous les commerces doivent fermer avant minuit, sans date de réouverture. Une dernière fête, un dernier saut dans le vide avant l'inconnu. Le lendemain, nos nouveaux mariés ne se sont pas envolés pour leur voyage de noces. Comme quatre milliards d'êtres humains, ils se sont confinés.

À peine mariés, déjà confinés. Nos caméras vont les filmer vingt-quatre heures sur vingt-quatre, sept jours sur sept. Comment leur couple va-t-il tenir ? Les engagements du mariage seront-ils tenus ? Le mari craquera-t-il pour un Coréen ?

Tous les jeudis, à 18 h 30, sur W9. »

Un tandoori végétarien, sauce pili-pili.

1ᵉʳ mai 2022

Je déambule, ivre, dans la ville, à la recherche de mes sensations passées. Comme dans un musée, je visite. Les tableaux que j'observe sont les nouveaux jeunes. J'écoute leurs discussions, à ces jeunes de remplacement. Ils sont nuls. Nuls comme je l'étais. Leurs discussions alcoolisées n'ont aucun sens, coincées entre deux hoquets et quelques consonnes oubliées en cours de route. Leurs tentatives de drague sont désastreuses. Ils sont devant l'opéra, mais ils n'ont pas construit l'opéra. Ils sont devant l'opéra, mais ils ne jouent pas dans l'opéra. Au mieux, ils finiront cette soirée en titubant devant l'opéra. Le musée a changé : mes bars mythiques se sont transformés en magasins de chaussures, et mes magasins de chaussures sont devenus leurs bars mythiques. Je déambule entre les ruelles, tel un figurant sans importance de *Truman Show*. Les autres acteurs jouent leur rôle, empaquetés devant les bars, dans le froid, à fumer leur cigarette ou à l'intérieur à lutter pour se frayer un chemin au comptoir. Mais le scénariste m'a oublié, et personne ne le remarque. Je les trouve pathétiques, mais que dire de moi : manteau Sandro sur les épaules, mains dans le dos, à les observer avant de prendre mon taxi à 30 euros pour remonter dans mon faubourg périphérique, ou comme l'appelle le journal d'extrême droite local : « le nec plus ultra de la banlieue lyonnaise. »

Tout en titubant en direction du taxi, mes pas décident de rentrer avec mélancolie chez l'indien dans lequel nous venions, amoureux, les soirs de canicule. « Un tandoori végétarien et une bière, tavernier ». Ce terme de tavernier ne s'applique pas à ce monsieur pakistanais, me dis-je en m'asseyant sur une chaise en bois collante avec ma Heineken en canette. Boire seul dans un bar ; j'aime sentir cette effervescence autour de moi. Seulement, dans cet instant, rare dans la vie d'un homme, je n'ai pas besoin d'être drôle, ni instruit, ou même à l'écoute de quiconque. Je n'ai besoin de rien : 8 euros me suffisent. La seule pensée qui me traverse l'esprit à cet instant : « j'aimerais être champion de violoncelle, mais je ne suis pas une Chinoise de 4 ans. »

Avant de payer mon tandoori, je me retourne. J'espère qu'il n'y a pas de figurant de 50 ans derrière moi, tandoori à la main, occupé à se rappeler quand il déambulait ivre avec son manteau Sandro pour ronchonner sur les jeunes de remplacement. À ma surprise, il y a bien un homme seul. Il semble aussi ivre que moi. Ses mains sont plongées dans ses frites, dont la sauce inconnue est répartie de manière remarquablement équitable entre son assiette et son front. Le poulet de son tandoori est partout : bras, genoux, sur sa table, sous sa table, sur la table d'à côté, sous la table d'à côté. Il me regarde d'un œil vide et me demande :

— Pourquoi t'as pris un tandoori végétarien ? C'est dégueulasse.

Je décèle sans l'ombre d'un doute que le respect animal n'est pas un sujet qui le touche particulièrement. Pas plus que le respect des tables, visiblement. Je tente pourtant une réponse sincère. Alcoolisée, mais sincère.

— Je suis devenu végétarien à cause de Marc et Odile. À leur mariage, Odile nous a fait un discours en nous disant la larme à l'œil que « l'amour n'avait pas de limite », en nous servant soixante-quinze pintades. Ce soir-là, j'ai compris que l'amour avait une limite. Et que cette limite, c'étaient les pintades.

— Je suis pas d'accord, pour deux raisons, me répond-il la bouche pleine.

— Oui mais je t'ai pas demandé ton avis, lui fais-je remarquer gentiment.

Ou pas gentiment d'ailleurs, l'alcool décide toujours, dans ce genre de moment.

— Tu me l'as pas demandé, mais je vais te le donner quand même. Raison numéro un : dans la nature, le lion bouffe la gazelle.

— Tu vois, c'est drôle, parce que le végétarisme, c'est le seul sujet sur lequel les gens te donnent leur avis sans qu'on leur ait demandé, lui fais-je remarquer. Si je t'avais dit que j'étais homosexuel, je doute que tu m'aies répondu : « Je suis pas d'accord. Raison numéro un : dans la nature, le lion n'encule pas son copain lion ! »

Le silence qui s'ensuit est étonnant, vu le lieu.

— Je t'aime bien, me dit-il. Je parie que tes parents t'ont traité d'ayatollah.

— Mais oui, comment tu sais ?

— Parce que c'est ce que j'ai dit à mon fils. Je lui en ai fait baver, le pauvre. Je pense que de nos jours, c'est plus facile d'annoncer à ses parents qu'on est homo plutôt que végétarien.

— Ah, là, je ne sais pas. Tu es sûr de ça ?

— Mais oui, aujourd'hui, c'est plus simple de sucer des saucisses que de pas en manger, vomit-il dans un rire gras de sauce inconnue.

— Oui, alors là, je ne suis pas sûr de te suivre sur ce chemin. La métaphore sur les saucisses, bon... En 1993, à Wall Street, avec un hot dog, en sifflant un taxi, pourquoi pas. Et encore. Franchement, ce tandoori est d'aussi mauvais goût que la comparaison entre le végétarisme et l'homosexualité. Désolé, je prends l'échangeur A432 et sors de cette discussion.

Fier de ma réplique digne d'un mauvais film français, je recommande à boire. « Une bière, tavernier ». Le regard du monsieur pakistanais évoque l'incompréhension, mais la sonnerie de mon téléphone choisit cet instant pour me sortir du malaise. « Odile veut divorcer, c'est fini », annonce le message laconique de Marc.

Je ne sais pas comment réagir, mais comme l'alcool décide toujours dans ce genre de moment, l'émotion choisie sera la tristesse. Oui, c'est triste ! Pas pour Marc et Odile, oh non, monsieur le tavernier pakistanais qui ne m'apporte pas mon breuvage, mais pour l'amour ! L'amour meurt, les gens ! Sachez-le tous ! L'amour se dissipe tel le brouillard du matin ! Un jour, on se susurre des secrets extraordinaires dans le creux de l'oreille, on se promet des choses pour la vie, on convoque sa famille la plus proche et ses meilleurs amis pour le clamer haut et fort, on partage les choses les plus intimes, on confie ses larmes lors des moments les plus durs de notre existence, on traverse le deuil ensemble, plus forts que tout, et un jour, plus rien. Au revoir.

Et nous ne savons même plus essayer de le faire renaître. Il n'est juste plus là.
Au revoir.

Et nous constatons, comme ça, que le cœur n'y est plus.
Au revoir.

Nous avons fait un enfant, puis un deuxième, mais au fond, nous n'y croyions plus.
Au revoir.

Nous avons partagé des grands projets de vie, nous pensions que c'était profond, mais c'était une surface
Au revoir.

Nous avons acheté un T3 avec terrasse plein sud et un parking en sous-sol, on s'est engagés sur

vingt-cinq ans, mais le crédit immobilier continuera sa route sans nous.
Au revoir.

Nous avons dessiné un plan de maison, un soir de semaine, un verre de pinot noir à la main, mais nous nous sommes arrêtés au milieu du croquis.
Au revoir.

La famille éclate, à gauche à droite, par-ci, par-là. Nous en retrouverons une ailleurs.
Au revoir.

C'était il y a cinq ans, et en soixante mois, plus rien. L'amour se consume, comme une vieille cigarette. Quand on arrive au mégot, au revoir.

Il y a soixante mois, nous nous identifions à la citation de Jésus-Églantine : « La pluie est tombée, les torrents sont venus, les vents ont soufflé et se sont jetés contre cette maison : elle n'est point tombée, parce qu'elle était fondée sur le roc. » Et nous nous rendons compte que nous avons fondé sur   le sable.
Au revoir !

Je vais boire un whisky et jouer du blues au piano, à la mémoire de l'amour.

AU-RE-VOIR.

Je me lève, vacille, et me rends compte qu'il n'y a ni whisky, ni piano, dans un indien.

15 mai 2022

Le café latte du jour sera « à emporter », à défaut d'être « sur place », à savoir sur les chaises froides du B*roc-Bar*, non autorisé à ouvrir ses portes en période de pandémie. C'est dommage, j'aurais voulu pouvoir m'assoir à nouveau au sein de mon lieu de cheminement spirituel, mon Compostelle du mariage. Assis et assagi, j'aurais regardé les jeunes couples avec dédain en pensant à tous les secrets sur l'amour et la vie à deux qu'il leur reste à percer. « C'est à vous de faire votre chemin, les jeunes », aurais-je pu leur expliquer, le regard à l'horizon. « Je ne serai pas toujours là pour vous, vous savez. Oui, c'est sûr, j'ai passé bien des embûches, déjoué bien des pièges, et résolu bien des énigmes. Oui, c'est vrai, la vie facile débute pour moi. Finies les questions sans réponses, les interrogations perpétuelles, les discussions philosophiques. Allez, *salute* », aurais-je pu conclure en remettant mon écharpe d'un geste vif, et en hélant un taxi en direction du nec plus ultra de la région lyonnaise.

À la place, c'est depuis ma banlieue riche, face à Fourvière, que je médite. Je pense à la séparation de Marc et Odile, et je crois savoir que certains couples se quittent, car ils se font de la concurrence. Et pourtant, il paraît qu'il faut s'admirer dans un couple. « trente-cinq ans de mariage et je l'admire toujours autant », déclare cette dame convoquée par mon imaginaire, vêtue d'une robe de soirée surmontée d'une cape en vison, une coupe de champagne à la main. Oui, très bien, bravo, mais pouvez-vous définir précisément ce que signifie « admirer » s'il vous plaît, madame-je-tue-des-visons-pour-frimer-en-soirée-caritative-pour-les-enfants-victimes-d'un-ouragan-à-Madagascar ?

Si ta femme est Léa Drucker, qu'elle offre une performance d'actrice époustouflante dans *Jusqu'à la garde*, ponctuée d'un César de la meilleure actrice, je dis oui ! Oui, Léa.

Si ton mari est Olivier Bourdeaut et qu'il publie son premier roman, *En attendant Bojangles*, et qu'il réussit un coup de maître, monstre d'équilibre entre rires et larmes, je dis yes ! Yes, Olivier.

Si ta femme est Lucie Basch, qu'elle innove en lançant une nouvelle application révolutionnaire visant à réduire le gaspillage alimentaire des restaurants, réinventant une nouvelle manière de consommer responsable, je dis, allez. Allez, Lucie.

Mais soyons honnête : la plupart des femmes et des hommes n'ont rien révolutionné. Ils perdent leurs cheveux, prennent du ventre, font de la trottinette électrique, vendent des grillages et boivent de la tisane « nuit tranquille » à 2,80 euros.

Alors, qu'admirer ? Son physique qui, inexorablement, à l'image de la plus belle orchidée, finira par flétrir ? Son impulsivité qui, inexorablement, finira par nous mettre mal à l'aise lors d'un repas de famille au cours d'un débat sur les présidentielles ? Sa simplicité, origine de notre coup de cœur initial, mais qui finira inexorablement par montrer ses limites à l'heure des choix les plus cruciaux que rencontrera la vie de couple ? Ses compétences professionnelles qui, reconnaissons-le, sont surtout démontrées à ses collègues et pas à la maison ? Son talent d'archer qui, reconnaissons-le, est difficile à admirer au quotidien ?

De surcroît, l'admiration a toujours une face sombre. « J'admire ton âme d'artiste, mais tu es infoutu de baisser la lunette des toilettes ! » ; « J'admire ta capacité à changer un Velux en toute autonomie, mais tu es handicapé à l'idée de m'écrire une lettre d'amour ! » ; « J'admire ta capacité à jouer un morceau de piano à l'oreille instantanément, mais tu joues trente minutes par semaine ! » Est-ce assez, d'admirer quelqu'un trente minutes par semaine ? Semaine qui compte 10 080 minutes ? « Oui, je t'admire, c'est vrai que tu tires bien à l'arc. Mais le plein de courses ? »

Ou alors, la version « film américain » : « Je t'admire pour ce que tu es. » Mais ta gueule, Églantine ! « Ce que je suis », mais sais-je au moins ce que je suis ? Dans ce même film américain, ladite Églantine donnerait certainement le conseil intemporel : *Be yourself !* Le problème est le suivant : certaines personnes passent leur vie sans savoir ce que signifie être soi-même. D'autres ne se posent même pas la question. Et il faudrait aimer quelqu'un pour ce qu'il est, sans savoir ce que « lui-même » signifie ? *Le manuel du futur divorce* ! Jim Carrey s'est perdu en cours de route dans la création de tous ses personnages, au point de ne plus savoir qui était vraiment Jim Carrey. Le quotidien nous impose des rôles : mère, père, patron, motard, voisin. Rares sont les moments où nous pouvons réellement être nous-même. Pire, notre entraineur de natation, à l'âge de 8 ans, nous incite à donner « le meilleur de nous-même ». Apprends d'abord à savoir qui tu es, fiston, avant de donner le meilleur de cette personne. Allons plus loin : et si la compétition était la source de tous les maux ? S'entraîner, dès le plus jeune âge, à être meilleur que les autres. Juste une seconde : pourquoi être meilleur que les autres ? Pourquoi s'entraîner à nager quatre dixièmes de moins que la compétitrice d'à côté ? Pourquoi s'entraîner à tomber le slalom cinq centièmes de moins que le skieur d'à côté ?

POURQUOI ???

Ma théorie : si à 8 ans, vous êtes entraînés à accepter une médaille parce que vous êtes plus rapide dans un couloir de nage de l'ordre d'un dixième de seconde, votre couple est mal barré. Ne reste plus qu'une solution : « faire ce qu'on peut avec ce qu'on est. »

Ma théorie (2) : mon parcours serait-il encore semé de réflexion, d'embûches et d'énigmes ? Je dis non, et décide formellement d'arrêter de réfléchir sur le sujet.

23 mai 2020

Le cœur lourd, nous apprenons qu'Arthur a rejoint les étoiles. Je suis allé le voir quelques jours, quelques heures, avant la fin. Il m'a délivré un message puissant, dont je me fais l'écho aujourd'hui. Petit à petit, depuis huit mois, l'ensemble de ses muscles se sont éteints. Le dernier à subsister aurait pu être n'importe lequel : celui du doigt de pied, du coude. Mais Arthur a continué jusqu'au bout à actionner le plus beau muscle de son corps : celui du sourire. La leçon la plus belle de toute ma vie m'est envoyée par un enfant de 5 ans : tant qu'il y a de la vie, même une once de vie, il y a de l'amour. Il est partout, fort, puissant, vertigineux, gratuit. Il continue de rayonner bien après notre présence sur Terre. Ce n'est pas un hasard, d'ailleurs, si je prépare de délicieux gratins de courgettes à mes filles. Ceux avec la chapelure croustillante sur le dessus.

Les étoiles filent, fugacement, mais les étoiles brillent, pour longtemps.